QUI A DÉTRUIT L'ALGÉRIE ?

QUI A DÉTRUIT L'ALGÉRIE ?

Auteur
Abderrezzak CHETIOUI

Sommaire

Introduction

La politique doit se faire avec une matière accessible à notre naturel logique. Dans la volonté humaine, il n'y a pas d'action sans un seul motif et des motifs sans l'action. Tout ce qui est devait être, est justifié par ses causes.

La politique algérienne, a un penchant pour le totalitarisme califat, elle est renfermée dans une bulle machiavélique, exclut tout flux de la pensée. Elle se pose au-dessus de la vision contemporaine, cherche son élément hors de la démocratie, elle agit comme s'il n'y avait point des conséquences graves. Alors, elle perd sa dignité de gérer. En raison de cette politique, l'Algérie descend au plus bas degré de la déception, car la gestion d'un pays parle avec les résultats économiques et technologiques et non pas avec l'émotion et les discours religieux. Cet échec politique a entrainé l'Algérie dans une série de destruction, identitaire, juridique, éducative et économique.

Pourquoi tant de coups d'État et d'assassinats surgissent-ils dès le premier jour de l'indépendance du pays ? Pourquoi ont-ils sombré notre civilisation algérienne ? Qui est d'origine berbère et notre langue fut ignorée ! Comment évolue-t-il ce colonialisme arabe ? Pourquoi certaines croyances qui existent en Algérie depuis la nuit du temps comme le judaïsme et le christianisme disparaissent-elles dans notre société ? Alors que d'autres s'installent avec un soutien absolu ? Pourquoi l'islamisme survécut-il à la puissance politique qui lui sert de support pour gouverner, alors que la démocratie s'est effondrée ? Pour toutes ces questions, les réponses ne manquèrent pas. Mais la grande question est   de savoir qui a détruit l'Algérie ?

L'impérialisme en Algérie :

La vie est un jeu, comme les échecs, tout choix est une sorte de plaisir, où le bien et le mal sont l'enjeu. Une très vieille devise grecque gravée sur le fronton du temple de Delphes « connais-toi toi-même » ce dicton si simple interroge nos esprits, il nous livre un message impressionnant sur la conquête de soi, tout simplement parce que la raison se trouve dans notre sensibilité profonde. Elle est la mesure même de l'intelligence en activité, une sorte d'une somme de décisions d'où l'esprit tente de s'élancer dans la vie avec une condition bien mesurée. Cette philosophie de vie m'a aidé à voir quels sont les procédés les plus simples et les plus directs qui peuvent me conduire à la porte de la vérité. Puisque nous sommes tous programmés de la même intelligence, en conséquence, le devoir de l'évolution morale est égal pour tous, depuis l'homme qui se trouve dans le plus haut sommet jusqu'à celui qui se trouve au plus bas fond de la société.

Vouloir, c'est pouvoirs, dit le proverbe ; savoir seul, c'est pouvoir, répond l'expérience. Corriger et améliorer sa personne par soi-même est la base fondamentale de tout progrès et de tout développement humain. L'homme éclairé cherche la cause de ses malheurs en lui-même, mais l'absurde qui ignore qu'il est ignorant, jette ces problèmes sur l'autre et partout ailleurs. Si l'homme intérieur n'a pas atteint le degré d'honnêteté nécessaire, l'homme extérieur ne peut produire que des actions insensées. Rien ne résiste à la volonté de l'homme lorsqu'il déguste la vérité et le bien, mais tous   deviennent inutiles lorsque le mal se nourrit des mensonges pour affaiblir le bien. On ne peut pas battre le mal, on fait le bien pour battre le mal. Ce ne sont pas les criminels qu'il faut haïr, c'est plutôt leur crime qu'il faut haïr.

Le doute, que l'on connait dans sa forme complexe a toujours été un bon adversaire à l'esprit humain, il le juge inapte de connaitre la vérité. L'homme croit par raison et doute par ignorance. Ainsi le système dominant déforme le sens de la raison, il ne résout les problèmes posés que par le texte sacré de la religion, ignorant les solutions logiques. L'esprit humain demande à la religion autre chose que l'alimentation spirituelle : il lui demande le concret en même temps que l'affection. Si la religion ne résout pas le problème de la logique qui attire la pensée humaine, elle passe pour une poésie ; elle ne peut pas être une religion. Donc, le problème n'est pas j'ai raison ou il a raison, mais elle se trouve ou la raison ? Le discours dominant utilise souvent le texte religieux, car il est sacré. C'est une stratégie pour stabiliser les esprits et les mettre dans une impasse qui refuse la critique et la liberté de penser, ce genre de discours est fait pour dominer et non pas pour gouverner, puis la société finit par obéir par aveuglement et non pas par conviction.

L'émotion est une réaction d'origine fondamentale, elle repose sur une base sentimentale. Dans le monde arabe, la succession au pouvoir s'accomplit par la règle de domination, chaque calife a créé sa façon originale d'autorité. Diffuser la sensibilité dans la société permet d'accompagner le projet du dominant, avec les sentiments qui est un élément sensible pour dominer, à l'absence de la raison. Réfléchir avec l'émotion, a rendu les sociétés dominées par le dominant arabe insensé, cette réflexion permet donc de confirmer le problème du sous-développement de ces sociétés. Voilà pourquoi on ne peut pas trouver des formes démocratiques ou raisonnables simplifiées dans le système politique de nature arabe, alors que la démocratie et la raison se sont associées pour orienter le monde vers le meilleur. En Algérie, je me suis aperçu que les hommes politiques, ou soi-disant tels, ont immédiatement dévié de leur raison et décevaient leur pays, alors que leur pays aurait bien plutôt sujet de se décevoir d'eux.

Et donc, on se retrouve avec un ancien colon qui nous guette en permanence avec un œil qui contient beaucoup des secrets, il se déplace comme les fantômes, et apparait dans le lieu où tu penses être en sécurité. Cet ennemi est prêt à faire un pacte avec le diable, pour installer son pouvoir Califat en Algérie. Sa force mensongère a fait de lui un vendeur vigoureux capable de vendre le sable dans le désert. Cet ancien colon ne respecte ni la loi de la terre ni celle du ciel, enfin, sa grande spécialité est l'art du mépris. Aveuglé par la gravité de son narcissisme cela l'a rendu un animal venimeux, comme le scorpion qui n'a pas des yeux et qui attaque par derrière, il ne pourra jamais voir que l'esprit humain est fait pour la vérité. La trahison, la fausseté, l'hypocrisie sont en revanche affreuses, font la source du menteur. Le Satan ne fut pas pour rien symbolisé par un serpent, c'est-à-dire par l'animal à la langue fourchue, le menteur est comme le serpent, il est silencieux et courbu, il slalome pour feinter la vérité, le mensonge sort de sa bouche comme le venin pour tuer la vérité.

La politique mensongère a rendu mon identité invisible

parmi les nations. Elle s'est engagée dans un projet commandé par la ligue arabe, pour falsifier l'origine de tout un pays, c'est sans doute l'une des importantes appartenances de mon pays à un système califat qui idolâtre le nationalisme arabe ! puis cette politique nous a forcés à l'être, c'est ce qui nous a conduits à vivre dans une déshumanisation progressive en tenant compte de la démolition de notre originalité et notre droit identitaire.

Depuis un grand nombre d'années, ce gouvernement arabisé captive notre enfance, il y a longtemps qu'il conspire à notre perte. Pendant qu'il ait en train d'arabiser le pays, nous a installé une culture anti-France trop d'osé, pour qu'il occupe nos esprits par la guerre d'Algérie. Et comme on s'est aperçu que ce n'était qu'une manipulation, aussitôt on se faisait piéger par les islamistes qu'ont voulu installer un califat islamique sur la terre de Saint-Augustin. Comment peut-on être à la foi un pays qui refuse le colonialisme français, et en même temps on se jette dans les bras du colonialisme arabe ? Étant donné que cet ordre établi a arabisé l'Algérie par force, ensuite la guerre des Arabes s'est installée dans notre pays. C'est là où la situation est devenue explosive et l'Algérie ce transformée en un paradis de terroristes dans les années 1990.

Malgré cette grave erreur, le gouvernement algérien continu à défendre le colonialisme arabe, en détruisant la vérité de l'Algérie qui n'est pas un pays arabe. Tout a commencé, dès l'indépendance de l'Algérie en 1962, par une organisation arabisée qui a fait l'objet d'une large série d'assassinats, contre des dirigeants politiques, partisans de l'opposition. Ces personnalités ont constaté une détérioration très inquiétante à propos du projet concernant le nationalisme arabe de l'Algérie, celui-ci étant orchestré par le président égyptien Nasser. Un grand nombre d'officiers de l'armée de libération nationale (ALN) et du Front de libération nationale (FLN), ont été assassinés, tel que, Krim Belkaçem, Khidar, Khemisti et le colonel Chabani, etc. D'autres ont été poussés à l'exile comme, Hocine Aït Ahmed, Moufdi Zakaria qui est l'auteur de l'hymne national algérien. Le président Boudiaf qui vivait en exil, a lui aussi été abattu le 22 juin 1992, six mois après son retour en Algérie.

Ces personnages ont refusé d'être des subordonnés au colonialisme arabe, dirigé par le président égyptien Nasser, car ils étaient attachés à leurs origines révolutionnaires qui datent depuis la révolution de Jugurtha, petit-fils de Massinissa, contre Rome en 112-105 av. J.-C, depuis cette époque les guerres et les révolutions du peuple algérien ne se sont pas arrêtés jusqu'à la fin de la décennie noire contre les islamistes en 2000. L'Algérie est l'un des rares pays au monde ait gagné son indépendance avec les armes à la main en 1962.

De ce fait, l'Algérie était devenue un pays qui offre son aide aux réfugiés politiques du monde entier, elle a accueilli sur son sol tous les révolutionnaires de Nelson Mandela, les Blacks Panters, Ernesto Guevara, l'OLP de Yasser Arafat, ou encore Oscar Monteiro du Mozambique, le Front de libération de la Bretagne française et le Front de libération du Québec et ainsi de suite ! Jusqu'alors où elle était nommée « La Mecque des révolutionnaires », comme il l'a décrit Amilcar Cabral, le fameux révolutionnaire guinéen: « Les chrétiens vont au Vatican, les musulmans à la Mecque et les révolutionnaires à Alger ».

Tout a commencé en 1936 lorsque le Parti communiste algérien (PCA) se détachait du Parti communiste français. En 1954 le Front de libération nationale (FLN) a déclenché la guerre d'indépendance en appelant tous les Algériens à le rejoindre. En 1955 un accord entre le FLN et le PCA a été établi, les communistes algériens ont rejoint le FLN. Ce sont ces deux partis politiques qui ont géré la libération de l'Algérie, et non pas le parti islamique. Après l'indépendance en 1962, les arabo-islamistes ont volé la révolution algérienne, se sont faits de faux héros, pour tromper les gens. Et comme ils vénéraient les mensonges, se donnent des attitudes que la révolution algérienne était une révolution arabe, oubliant que ceux qui l'ont fait ce sont des Algériens berbères qui avait une culture française, ils ont fait leurs études en français ainsi que l'équipe de football du FLN. Personne n'était né et formé en Arabie pour qu'on puisse dire que la révolution algérienne est arabe.

Après la suppression de l'opposition par la mafia arabe. Une modification radicale a été mise en place par la force, pour convertir l'Algérie algérienne en Algérie arabe. Ce projet était dirigé par le président Boumediene, un élève de l'université islamique d'El-Azha au Caire. Il a réintégré le colonialisme arabe, comme une plume officielle qui traça le destin des Algériens. Il forma une puissante tromperie et se laissa aller en faveur de ce qu'il croit être l'idéal et le bien de sa principauté, celle-ci, qui n'a été, trop souvent, que son mythe. Boumediene, tel un adolescent qui croit à son étoile, jouant au jeu du hasard, se retrouva devant l'échéance du jeu. À l'œuvre on connait l'artisan, Boumediene a conduit l'Algérie à la quasi-destruction culturelle et économique.

L'économie algérienne a longtemps fonctionné de l'exportation massive de produits agricoles, plus connu de son nom « le grenier de l'Europe » cependant le tyran a détruit l'agriculture qui fonctionnait à merveille, depuis l'Algérie Numidie. Il a mis le peuple dans la difficulté, transformant une économie libérale en économie d'État héritière du système califat omeyyade. Ce système fragilisa la situation économique en Algérie. En 1986, à Constantine, le peuple se révolta contre le régime. Les islamistes ont alors sauté sur l'occasion pour tenter d'installer leur califat. Cependant, le peuple, lui, a voulu combattre le diable pour finalement tomber en enfer. En conséquence, dans la décennie noire, le peuple a payé d'un lourd fardeau de 250000 morts, ainsi que d'un retard économique énorme, causé par une politique incompétente menée par le nationalisme arabe.

À mon sens, le nationalisme arabe est l'une de plus grande escroquerie qu'a connu l'histoire de l'Algérie. Je suis arrivé à cette conclusion après une solide expérience acquise durant la guerre civile en Algérie. Néanmoins, j'ai découvert que le gouvernement algérien n'était pas différent des califes omeyyades. Le seul président algérien qui a été honnête en déclarant avec sa façon au peuple algérien que la gouvernance en Algérie est un régime   califat. C'était le président Bouteflika, qui se fait glorifie comme un calife au nom de mon seigneur « Fakhamattou en arabe ». Ce système qui fonctionne sur le mode califat n'a pas encore exprimé pleinement tout son potentiel, il teste le peuple en permanence de façon singulière.

Aujourd'hui, nous continuons à vivre des injustices coloniales, dans une Algérie où se reproduisent

les schémas structurels de domination arabe. Le sucée de l'homme, autant qu'il peut être la récompense
de son travail, est aussi une image de fierté pour son
pays. Mais, lorsqu'une personne est colonisée, son sucée appartient au dominant, c'est le cas en Algérie, ce
sont les colons arabes qui récoltent les sucées des Algériens, dans tous les domaines sportifs, scientifiques
et artistiques, la preuve, lorsque l'équipe algérienne de
football réalise des grandes victoires, on diffuse à travers tous les médias que c'est une fierté arabe, et jamais entendre dire une fierté Tamazirts ! et pourtant les
joueurs algériens ne sont pas des Saoudiens, ils n'ont
jamais été formé en Arabie, la majorité sont nés et formés en France ? Donc, la marginalisation de l'identité
du peuple algérien est opprimée de manière grave par
le colonialisme arabe.

Actuellement, l'islamisme semble devenu une identité en Algérie, et la mosquée est devenue un curseur
qui change la société à sa guise et selon la culture des
Arabes propriétaires de cette religion. La preuve le vêtement féminin traditionnel Algérois « le Hayek » a disparu de l'espace public, remplacé par le niqab saoudien. Ensuite, Constantine la capitale de la Numidie, est
devenue la capitale de la culture arabe, une ville qui
n'a rien avoir avec les Arabes. Elle était baptisée par
les Numides, les romains, les ottomanes et les français.
Le gouvernement algérien qui ne peut rien contre son
maitre, tourne sont dépit contre son peuple, alors, pour
satisfaire le patron omeyyade, le gouvernement algérien a remplacé la langue française par l'anglais, car le
dominant qui vie loin de l'Algérie en péninsule d'Arabie,
ne maitrise pas la langue française de l'algérien, il utilise l'anglais comme sa deuxième langue. Les arabo-is-

lamistes étaient soi-disant contre la langue française en Algérie, sous prétexte : la lutte contre la langue de colon français en Algérie. Tout en oubliant que les Anglais et les Arabes eux-mêmes ce sont des langues coloniales et l'Angleterre fut le plus grand empire colonial dans l'histoire.

Je le dis avec beaucoup de tristesse : à quoi bon la construction de l'une de plus grandes mosquées dans le monde, à Alger, et le peuple ne possède même pas une simple polyclinique de qualité ? Ou un lieu de loisir pour la jeunesse, pour sentir vivement et profondément sa fraicheur. Une jeunesse exposée à des privations, à des inquiétudes sur son existence. La protection de la Palestine est devenue plus importante que la protection des Algériens qui meurent au large de la méditerranée fuyant ce système tyrannique, dans un pays où se côtoient la richesse immense et la pauvreté extrême.

Puis, cette élite politique arabisée qui interdit d'une façon indirecte le drapeau Tamazirt en Algérie qui symbolise l'originalité des Algériens, c'est la même qui favorise le drapeau palestinien qu'on trouve partout en Algérie, pour distraire la population. Sachant que la Palestine elle-même est une colonie arabe, car historiquement parlant, aucun arabe n'a jamais existé en Palestine. Isaac et Jésus sont nés en Palestine, alors, que Ismaël et Mohamed sont nés en Arabie. Et cette région du monde était une terre judéo-chrétienne, avant l'invasion des Omeyyades à la terre des Cananéens, déjà, les Palestiniens ont vendu leurs terres aux juifs avant 1948 et ont quitté leur pays tranquillement en direction de l'Amérique latine, et les Algériens dépriment à leurs places ! même si les Juifs embrassent l'Islam, les Arabes diront toujours que la Palestine est un pays arabe. Comme ils ont fait avec le peuple Tamazirt qui s'est converti à l'islam, la Numidie se transformé aussitôt à un pays arabe ! en effet, il est certes, que l'islam est le cheval de Troie des Arabes.

L'Algérie d'aujourd'hui fonctionne avec un régime, fondé sur les mêmes méthodes des califes, élaborées au fond d'une idéologie totalitarisme, appauvrissement des foyers, assassinat des opposants, instabilité économique, mépris ethnique, crise identitaire, guerre de doctrines islamiques, les richesses du pays servent pour assurer le pouvoir califat. Le gouvernement algérien se trouve dans une coquille vide, non conforme à la modernisation. Et donc, l'Algérie est restée dans un échec permanent.

Le colonialisme arabe s'installait en Algérie pour récolter le butin et tuer la volonté du peuple afin de construire la génération défaitiste. Le temps passe et les racines du colonialisme arabe se développent sur le dos de l'Algérie, jusqu'à ce que le peuple soit arrivé à un point de perdre ces repères. L'humiliation est la pierre angulaire sur laquelle l'ennemi a mis toute sa force pour effacer l'identité algérienne, a réussi d'éduque une génération qui sacrifie ce qu'il dit et elle glorifie ce qu'il fait.

Les Algériens pensent être libres, mais le piège du colonialisme arabe c'est évolué au cours du temps ; le général omeyyade Oqba Ibn-Nafi n'est pas rentré de nouveau en Algérie avec son armée pour installer un pouvoir arabe, le but c'est de faire sortir l'identité Tamazirt du cœur des Algériens et planté à la place l'islamisation, pour que l'Algérie reste éternellement un pays arabe. Les politiciens nous ont menti pendant un grand nombre d'années en nous faisant croire que l'Algérie est un pays arabe. Cependant, l'Algérie ne se trouve pas en Asie ni au Moyen-Orient, et aucun Algérien ne parle arabe, excepté ceux qui ont étudié cette langue asiatique.

Ethniquement parlant le peuple arabe n'existe pas en Algérie. Les Arabes qui vivent en Algérie forment une minorité, comme les Gréco-Romains, les Turcs, les Européens et les Chinois. Les habitants originaires de l'Algérie viennent du peuple berbère et sont dispersés sur tout le territoire algérien. Le nord-est du pays est habité par les kabyles, les chawis et les tagargents, quant au sud, il est peuplé par les touaregs, les moza-bites et les chalhas puis au centre du pays se trouvent les chenouis, les maghraouas et le nord-ouest est peu-plé par les zénètes, les bettiouis et les friandises. Donc c'est une grossière erreur de penser que l'Algérie est un pays arabe. Le mot « Maghreb » est un mot colonial utilisé auparavant par les califes pour diviser le monde en deux blocs, le « Mashrek arabe » qui signifier l'orient arabe et le « Maghreb arabe » qui signifier l'ouest arabe. Pourtant de nos jours l'Algérie n'appartient plus à l'administration du califat, et donc elle n'est plus un pays du Maghreb. C'est un pays nord-africain situé dans l'ouest de la méditerranée et non pas un pays oriental comme le décrivent certains politiciens. Le mot Algérie est un mot berbère « Dzaïr » qui signifier la lune. Il est temps de corriger l'histoire, l'Algérie n'est pas arabe.

Mentir au nom de la religion est pire que la pluie de bombes que le peuple algérien a subies durant la guerre d'Algérie. Ils nous ont menti sur tous les domaines, ce ne sont pas les Arabes qui nous ont montré la religion. En 428 av. J.-C. c'était le roi des Vandales Genséric qui a apporté l'arianisme en Algérie « Etawhid en arabe » avant les conquêtes arabes, quand les Algériens étaient des croyants monothéistes les Arabes étaient des idolâtres. Le mensonge est l'arme fatale des Arabes qui a détruit la langue, l'histoire et l'identité des Algériens, et pourtant le gouvernement algérien ne cherche toujours pas à y mettre fin à ce colonialisme arabe en Algérie !

La question qu'on peut se poser à qui profite ce mensonge ? Pour répondre à cette question, il existe deux hypothèses majeures, soit le gouvernement algérien est au service de la ligue arabe, ou soit il n'est pas à la hauteur pour gérer un grand pays comme l'Algérie qui pèse lourd dans l'histoire chrétienne, gréco-romaine, et Numidie, toute cette civilisation ancestrale aux origines berbères est victime d'extinction par une politique arabisée, qui rejette l'histoire chrétienne de l'Algérie. Un régime arabisé exploite ce qui est sous le sol algérien comme le pétrole et le gaz, et nie ce qui est sur le sol algérien comme témoignage à ciel ouvert, par des milliers de ruines historiques témoignent que l'Algérie n'est pas un pays arabe. Les richesses ne donnent pas la vertu, mais que la vertu donne aux hommes les richesses et la vérité. Donc, se révolter contre les mensonges, c'est obéir à Dieu.

Le système califat :

Si la religion est sacrée pour les musulmans, pourquoi ne cherchent-ils pas la vérité ? N'est-ce pas une hypocrisie de sacrifier une chose sans la connaitre ? L'enfant est sacré pour sa mère, car elle a la certitude qu'il est son fils et elle sait parfaitement comment il fonctionne.

Pour essayer de comprendre la destruction de l'Algérie, il faut descendre au cœur du problème. Depuis la conquête arabe de l'Algérie en 670, le pays est devenu un territoire au profit du califat omeyyade. Yazid Ibn Mou-awiya, qui est un dictateur comme la plupart des califes, plaça à la tête de son empire ses cousins pour bâtir la dynastie omeyyade, celle-ci portant leur propre nom de famille : Banou-oumaya, originaire de la tribu de Quraych, c'est de là que les troupes de l'envahisseur Oqba Ibn-nafi ont attaqué l'Algérie. Cette invasion a fait plus de catastrophes que tous les autres envahisseurs confondus. Elle a effacé de la mémoire collective des Algériens leurs langue et histoire pour imposer sa domination arabe à long terme.

La règle d'or de cette invasion c'était l'islam impérialiste fabriqué par les califes, qui a commencé par des batailles entre les premiers musulmans, opposant le clan Aba bakr qu'a déclaré une guerre contre ces opposants qui contestaient le système califat et refusent de lui collecter l'aumône « Zaket » par force, Aba bakr enchaine les batailles contres ces opposants, par la bataille d'Al-Yamama. Ensuite, la bataille de Siffin qui confronter l'imam Ali au calife Mu'awiya, puis, la bataille du chameau entre Aïcha aux fidèles de l'imam Ali.

Il y a eu des guerres sans fin entre musulmans dès le début de l'islam à cette époque on ne peut pas accuser la CIA qui est derrière cette barbarie. Si les premiers musulmans n'étaient pas d'accord entre eux, comment veulent-ils que nous soyons d'accord avec eux après quatorze siècles passés ? Les premiers musulmans qui nous ont transmis l'islam n'avaient pas la conscience religieuse, ils avaient une soif de pouvoir, ils sont responsables du sang versé tout au long de l'histoire de l'islam. En outre, le schéma d'analyse de la domination arabe en l'Algérie actuelle est resté ambigu. Et l'histoire sanguinaire de l'islam est restée un sujet tabou.

Les califes étaient les seuls qui avaient le droit de fournir la grille d'interprétation religieuse. En conséquence, l'islam se retrouvait fractionné en plusieurs doctrines, car chaque interprétation religieuse s'accorde avec l'aspiration de chaque calife. Les chefs religieux qui étaient au service des califes s'arrangent pour jeter de la poudre aux yeux des la populations dominées. Ce régime colonial, basé sur des textes religieux douteux et déraisonnables, a utilisé l'islam comme passerelle pour occuper les territoires des populations vaincus. Cette politique religieuse a offert une grande dynastie aux califes, leur a facilité l'acquisition d'une vie impériale, en allant profiter pleinement des biens de peuples sous leur contrôle.

Mahomet un homme illustre, un surhumain, a montré par son comportement et sa sagesse qu'il était un éducateur suprême contrairement aux califes et leurs théologiens, a réussi d'élever le niveau mental du peuple le plus dégradé dans l'histoire. Il faut remonter au début de l'islam pour résoudre cette équation à plusieurs inconnus. Les premiers qui ont décidé de tuer le prophète Mohamed sont les Arabes. Les chefs de tribus ont organisé une grande compagne, pour assassiner le prophète. Malheureusement pour eux, cet attentat a échoué, car lors de l'attaque à la demeure du prophète, ont trouvé son petit cousin Ali, qui dormait à la place du prophète.

Ensuite, les premiers qu'ont déclaré la guerre au prophète étaient les Arabes, dans la bataille de Badr et d'Uhud. Lorsque le prophète a été lapidé par les enfants de la ville de Taïf c'est un chrétien nommé Addas qui lui a porté secours. Quand le prophète Mohamed a été chassé de sa ville natale la Mecque par les Arabes, s'expatria dans la ville juive de Yathrib (Médine de nos jours) ensuite ces compagnons ont été chassés à leurs tours, et c'était un roi chrétien Négus d'Abyssinie qui les a bien reçues. Les Arabes veulent nous faire croire que les juifs et les chrétiens ce sont les ennemis de l'islam, et pourtant ce sont les juifs et les chrétiens qui ont apporté du soutien au prophète Mohamed. Les juifs et les chrétiens ont été contre les conquêtes barbares de califes qui se sont déroulés au nom de l'islam.

Les Arabes nous ont habitués au fil de l'histoire à de grands mensonges. Pourtant, c'est eux qu'ont essayé de tuer le prophète à plusieurs reprises, se sont arrangés pour nous inventer une excuse pour nous dévier sur la mort du prophète, alors, ils ont inventé la fameuse histoire de la femme juive qui a tué le prophète par le poison. Mais lorsque quelqu'un se fait tuer par le poison il meurt sur le coup, il n'attend pas plusieurs mois. Cette propagande n'était qu'un catalyseur de rancune, sert à lancer des conquêtes arabes contre les juifs et les chrétiens, dans l'intérêt d'aller enrichir les caisses du calife par les butins en s'attaquant aux autres peuples au nom de l'islam. À cette époque, l'Algérie était un pays judéo-chrétien, dans le collimateur des califes arabes.

En lisant la vie des califes, je me suis convaincue que je ne rentrerais jamais au paradis. Parce que je n'ai jamais tué qui que ce soit ou participé à des massacres contre des innocents, en allant effacer leurs révolutions culturelles et civilisations, je n'ai jamais forcé une personne à me sanctifier à mes ancêtres et à ma culture, je n'ai jamais envahi un peuple ni violé leurs femmes et m'enrichir avec le butin. Mais le plus étonnant dans cette histoire, est que les dix compagnons promis au paradis par le prophète Mohamed, se sont entretués ?

Les Arabes tentent de nous faire croire qu'ils prêchaient la bonne parole, et pourtant ils ont matraqué la règle d'or de l'humanité « Pourquoi devrions-nous faire à autrui ce que nous ne voudrions pas qu'il nous fasse ? » Il faut savoir que le mot mal c'est le nom de Lucifer, c'est sur ce terrain que les califes ont baptisé leur doctrine luciférienne et sanguinaire. L'histoire a été témoin de beaucoup d'atrocités commis par le système califat dans de nombreux pays.

Les mosquées utilisées à merveille, pour gagner la confiance du public avec des discours ornés de sentences brillantes et d'expressions choisies, où se cache le colonialisme arabe. Elles apportent un soutien considérable aux califes et leurs théologiens, et pourtant le coran dit clairement aux musulmans dans la sourate de Jin verset 18 « Les mosquées sont consacrées à Dieu : n'invoquez donc personne avec Dieu » mais les Arabes ont inséré des idoles dans les mosquées, les imams ne font que glorifier les califes sanguinaires et leurs magistratures religieux, puis ils prêchent que soi-disant ce monde n'est pas leur demeure. Mais ils ont tué des centaines de milliers des gens et volé leurs biens, pour établir un califat xénophobe qui glorifie uniquement leur culture et leur langue arabe ? Cependant, si l'arabe est la langue du paradis telle qu'elle a été enseignée, pourquoi Dieu a-t-il donné des noms hébreux à ses anges avant la création d'Adam ?

J'ai voulu m'instruire dans leurs discours, j'ai découvert que leur raisonnement est d'une inspiration impérialiste, un esprit semblable à un haineux ; disent tous de fortes belles choses, mais ils ne comprennent rien à ce qu'ils disent. Je me suis aperçu en même temps que leur aptitude de la pratique religieuse leur faisait croire qui étaient les meilleurs des hommes ; ce qui n'étaient pas. Puis je suis parti, en découvrant que j'étais supérieur à leurs califes sanguinaires, la preuve, le calife Omar a enterré sa fille vivante, le calife Aba Bakr a tué des milliers de musulmans, sous prétexte de la guerre d'apostasie « ridda » le calife Yazid a brulé la Mecque avec les catapultes et j'en passe. Quant à moi, je n'ai jamais tué qui que ce soit ni trompé les gens par mes prières, ou se moquer de l'esprit humain. Tout ce que je sais, ce que le ciel a envoyé les prophètes et non pas les califes.

Le mot califat est originairement Arabe, khalifah, qui signifie proprement un successeur, ou un héritier, les califes tiennent ce titre en qualité de successeurs de Mahomed à peu près en ces termes. Quel homme pourrait croire qu'il y a des califes et qu'il n'y a point des prophètes après la mort du prophète Mohamed ? Cela serait aussi ridicule de croire que l'âne remplace le cheval. Il n'est donc pas possible qu'un être imparfait succède à un prophète. Le calife d'un prophète doit être un prophète, les successeurs du prophète Abraham c'était ses deux fils Ismaël et Isaac, le calife de Moïs c'était son frère Aron, le calife de Jacob c'était son fils Joseph. Tous les califes rachidiens, omeyyades, abbassides et ottomans, étaient des empereurs, se battaient pour dominer le monde et posséder plus des richesses des peuples vaincus au non d'une religion inventée par eux-mêmes.

Si l'être humain défend Dieu, donc, ce Dieu qui est incapable de se défendre ne mérite pas qu'on lui attribue le nom de Dieu ! les califes ont inventé une religion qui défend leurs intérêts au nom de Dieu, à cause de cette religion califat, ne restait de l'islam prophétique que des miettes. Le système califat ne donne pas l'occasion à un non musulman de réfléchir, il le coince entre trois pénibles conditions, ou bien la victime se convertit à l'islam, et devient une combattante pour le système califat, ou bien elle paye le tribut, ou bien sa tête serait coupée. Aucun prophète n'a fait des menaces de mort aux infidèles. Dans le coran est cité dans la Sourate des Abeilles verset 125 « Appelle les gens vers le chemin de ton Seigneur avec sagesse et une belle exhortation, et argumente avec eux de la meilleure façon » si les lois tyranniques de fabrication califat ont été inventé pour couper les têtes cela veut tout dire qui n'avaient pas les moyens pour remplir les têtes avec la raison ! les califes ne peuvent donner une religion dont ils ne disposent pas eux-mêmes. Et c'est cet islam califat qui domine le monde d'aujourd'hui.

Le premier empereur des Arabes, c'était le calife Aba Bakr que les musulmans lui donnent trop d'allégeance, il a trahi l'enseignement prophétique. Le prophète n'a jamais demandé aux croyants de lui collecter l'aumône « Zakat » L'aumône se donnait de main à main selon l'enseignement prophétique entre le riche et le pauvre pour semer l'amour au sein d'une société. Aba Bakr a obligé les musulmans de lui collecter l'aumône. Les musulmans qu'ont refusé d'obéir à cet ordre ont été tués par Aba Bakr, sous prétexte qui ont abandonné l'islam, ce massacre connu par la guerre de « ridda » et pourtant ces victimes étaient des croyaient ! Aba Bakr a voulu collecter l'argent de l'aumône pour bâtir une armée et offrir une dynastie clef en main à la famille Banou Oumayya qui a bâti la grande dynastie omeyyade.

Je n'ai jamais connu une telle tyrannie qui force les gens de changer leurs habitudes sous peine de mort, sauf dans le régime arabo-islamique. Ce totalitarisme m'a suffi pour réveiller ma conscience. L'islam est devenu trop théorisé et compliqué, même les choses les plus courantes de la vie posent des problèmes auxquels on ne trouve que des panneaux d'interdiction placés par une autorité religieuse. La tyrannie des mouvements islamiques force les gens à suivre les idéologues des siècles passés, qui ne convinnent pas à notre époque. Le maitre mot de cette intégration se fait par l'impératif « écoute et applique, si tu oses contredire tu vas en enfer » la consommation de cette religion fabriquée dans la cour royale des califes est devenue une alimentation spirituelle qui bourre, mais elle ne nourrit pas l'esprit, du coup elle a produit de l'entropie négative au sein de la société algérienne sur tout le mécanisme possible, elle a transformé tout un pays à une locomotive qui recule en arrière pour livrer le peuple au passé. Depuis que le premier empereur arabe Aba Bakr a installé le système califat, la succession au pouvoir s'est transmise de père en fils durant toute l'histoire de l'islam.

Les conquêtes arabes sont devenues une industrie lucrative, un métier pour gagner facilement sa vie avec les butins au nom de l'Islam. Ce commerce a ouvert l'appétit à de nombreux conflits et chacun se voyait un calife. Les tensions mentent au sujet du pouvoir, puis, une grande guerre s'explosa entre deux grands prédateurs de ce système tyrannique, la famille Omeyyade contre la famille Abbasside. Le premier Calife Abbaside Essafah, l'origine de son nom signifie « le boucher » en raison du sang qui a fait couler des Omeyades et tout ce qui sympathise avec les Omeyyades. Par peur des représailles, il a pris le contrôle de la religion, persécutant ceux qui n'étaient pas d'accord avec lui. Il faut savoir qu'Al-Boukhari est née dans un environnement ou les Califes sont devenus des Bourreaux. C'était à ce moment précis que le rôle d'Al-Boukahri est devenu important. L'idée lui est venue de créer un deuxième livre sacré pour les musulmans pour rendre la société plus flexible au calife. Al-Boukhari rédigea un mode d'emploi bien organisé, qui a servi pour robotiser les musulmans de façon qui s'habillent tous de la même façon, mangent tous de la même façon et haïssent tous ce que le Calife déteste.

À cette époque, le conflit militaire faisait rage entre les Abbassides et les Byzantins, le calife El Mutawakkul a intégré la religion à ce conflit, après un concile islamique, les magistratures religieuses lui ont inventé un décret « fatwa » qui divise le monde en deux camps, ce thème est devenu le sujet le plus enseigné dans les sociétés musulmanes, la haine de l'autre. Les théologiens du calife ont divisé le monde en deux blocs, « Dar Esalme » ça veut dire les pays musulmans et « Dar El Harb » les pays ennemis, que l'islam doit conquérir avec la guerre. Dans une époque où il n'existait pas les moyens de communication, les gens manquaient de fermeté, croyaient de tout ce qui descendait de la cour d'assises du calife « Majlise ». La mosquée était l'unique moyen de communication entre le Calife et les dominés.

Les imams fessaient le sale service, utilisent l'enthousiasme des gens de manière erronée, pour leur inculquer l'esprit de combat au nom de Djihad, pour les envoyer comme chair à canon d'aller faire la guerre contre les pays où le calife veut voler les richesses des populations innocentes, sous prétexte de Dar El Haarrbe. Le livre d'Al-Boukhari mérite d'être jugé, car beaucoup des gens à travers l'histoire de l'islam ont été lapidés, torturés, tués à cause de ce livre, des pays entiers ont été détruits.

La vie d'Al-Boukhari ainsi que son livre, c'est un sujet plein de contradictions. Il s'agit d'un livre qu'a été monté de tout pièce pour inventer une nouvelle religion et un prophète tyrannique qui correspond aux crimes des califes, pour que le régime califat reste sacré aux yeux des musulmans. C'est une sorte d'une constitution pour gérer les affaires du calife, au nom de la religion.

Après deux siècles et vingt-cinq années de la mort du prophète Mohamed. Al-Boukhari s'aventura pour faire une anthologie très particulière, pour mémoriser les actes du prophète appelés « Sirat » et les paroles du prophète appelées « Hadith » la thèse d'Al-Boukhari était basée sur une chaine de transmission d'informations avec une culture de l'oralité où l'information circulait d'une personne à l'autre, c'est-à-dire rapportée par telle et telle personne en arrivant jusqu'au prophète.

Sa méthode de travail contredit l'islam lui-même, car selon la jurisprudence pour être témoin, il faut être une personne vivante.
• Est-il possible de prendre en considération un témoignage des gens qui sont déjà morts après deux siècles passés ? Puis les musulmans qu'ont vécu avant Al-Boukhari, sont considérés donc des non-musulmans ! Car le livre d'Al-Boukhari est classé deuxième livre authentique après le coran, et eux n'ont pas connu Al-Boukahri !
• Quel moyen de transport a-t-il utilisé Al-Boukhari ? Pour qu'il puisse, parcourir des dizaines de villes, en commençant par sa ville natale Boukhara d'Ouzbékistan, pour se retrouver à la Mecque puis à Médine, puis dans plusieurs villes en Arabie, en Mésopotamie en Égypte. Durant 16 ans de voyage, il a collecté 600000 Hadiths.
• Malgré tous ces efforts extraordinaires, Al-Boukhari raconte qu'il a rejeté 593000 Hadiths ? Car selon ces critères de sélection, il trouvait qui n'étaient pas corrects, et donc il a gardé seulement 7500 Hadiths authentiques !
• Mais où sont-ils passés les 593000 Hadiths rejetés ?

Al-Boukhari raconte qui faisait une enquête sur chaque narrateur qui lui rapportait un Hadith, puis il vérifiait attentivement l'honnête de la vie de narrateur, en allant interroger son entourage pour s'assurer de la loyauté du narrateur. Et pourtant à notre époque moderne pour faire une simple enquête sur une personne cela prend beaucoup de temps pour obtenir un résultat. Alors, comment a-t-il réussi de se renseigner sur 600000 personnes, cas par cas ?

• Quelle mesure utilisa-t-il pour identifier l'exactitude des 7000 Hadiths ? Puis, comment se fait-il que sur 600000 Hadiths il ait gardé uniquement 7000 Hadiths authentiques ?

Si l'on fait le calcul sur l'ensemble des hadiths collecter. On y trouve 60% des hadiths sont incorrects.

• Donc, sur les 100 musulmans interrogés par Al-Boukhari on trouve seulement 40% qui disaient la vérité.

Le fait que la majorité raconte des mensonges, ceci est une preuve que la première génération de l'islam c'était une génération des menteurs ! Al-Boukhari a vécu soixante-deux ans. Si l'on fait un simple calcul.

•Une année = 365 jours

•Chaque Hadith compte une personne ou presque. Donc, les 600000 Hadiths ont une équivalence de 600000 personnes. Alors, Al Boukhari a rencontré et examiné la loyauté de 600000 personnes.

• Supposant qu'Al-Boukhri a rencontré une personne par jour.

• 600000 personnes/365 jours de l'année = 1643 ans. Ce chiffre ne colle pas avec l'âge d'Al-Boukari qui a vécu 62 ans ?

En conséquence, il faut compter aussi, ces heures de sommeil, son temps de voyage, le temps investi pour trouver les 7000 Hadiths authentiques, et ainsi de suite. Alors, est-il possible que les plus grands narrateurs d'Al-Boukhari ce soient ceux qui ont moins vécu avec le prophète ? Abu Hurayra n'a connu le prophète que tardivement quatre années avant le décès du prophète et à lui seul il a 5374 Hadiths. Quant à Ibn Abbas avait 13 ans après le décès du prophète il a raconté 1771 Hadiths.

Si nous faisons une simple analyse pour vérifier la bonne foi d'Al- Boukhari, nous trouvons qui perd sa crédibilité, car il a classé son livre le deuxième livre authentique « sahih » après le coran, pour faire concurrence aux livres saints: la Thora, l'Évangile et le Coran, ceci est considéré une insolence. Et pourtant, beaucoup des musulmans lui accordent une grande allégeance sans tenir compte que le livre d'Al-Boukhari est un régal de contradiction.

Si l'on regarde la vérité en face, ce n'est pas le journal Charlie Hebdo qui se moquait du prophète Mohamed, c'est plutôt Al-Boukhari qui avait décrit un prophète obsédé par le sexe. Charlie Hebdo a dessiné les caricatures sur le prophète Mohamed, selon ce qui a été écrit précisément dans le livre d'Al-Boukhari, en conséquence aucun musulman ne s'est manifesté contre Al-Boukhari, qui est la vraie source des caricatures sur le prophète ! Mais, est-il possible que le prophète qu'a reçu la révélation du coran s'engageât à contredire le coran ? En allant se marier avec 9 jusqu'à 11 femmes selon Al-Boukhari ? Dieu n'a-t-il pas dit dans le Coran dans la sourate des femmes, verset 3 « Il est permis d'épouser deux, trois ou quatre, parmi les femmes qui vous plaisent, mais, si vous craignez de n'être pas justes avec celles-ci, alors une seule » donc en islam prophétique le maximum des conjointes ne doit pas dépasser quatre femmes, avec la condition d'équité, mais dans l'islam califat le maximum des femmes est illimité, les califes non seulement ils ont leurs conjointes « haram » plus, les belles femmes butins de guerre qui deviennent leurs esclaves sexuels « Jariya ». Donc voilà en quoi consiste le système califat.

En Algérie, cette culture de califat est devenue un frein à la modernisation, imposée à une société contemporaine. Ce système était fait pour localiser les masses populaires par le calife et non pas pour libérer la pensée et offrir un espace de diversité instructive et multiculturelle. Du coup, la société algérienne est restée renfermée au moyen âge avec des idées archaïques, privée de l'ouverture sur les autres cultures et religions du monde, car le régime algérien a arabisé le pays, et a décidé que l'Algérie vit uniquement la nostalgie califat. Ce n'est pas en racontant de belles histoires sur l'Islam qu'on sauvera l'Algérie. Ces belles histoires ambigües et très techniques de manipulations empêchent d'affronter les problèmes les plus aigus auxquels où le peuple algérien est confronté actuellement.

Si l'on regarde dans le miroir du rétroviseur de l'histoire, on constate que le premier qui a commencé à attaquer l'occident chrétien « Dar El Haarrbe » ce sont les Arabes pendant leurs conquêtes en Afrique du Nord et en Espagne. N'est-ce pas honteux de condamner le colonialisme occidental et être fier des conquêtes arabes ? Mais en effet, qui sème le vent récolte la tempête, aujourd'hui, le monde arabo-islamique ne fait que crier sur la colonisation franco-britannique, oubliant que ce sont les Arabes qu'ont commencé en premier d'attaquer l'occident chrétien, en Espagne et dans le sud de la France, suivi de la piraterie islamique en méditerranée. Logiquement, celui qui a commencé à agresser en premier est le plus injuste, et donc c'est tout à fait logique que l'occident se protège et riposte contre les envahisseurs. Si l'Algérie était victime du colonialisme français, c'est parce qu'elle faisait partie d'un gouvernement califat.

C'est indigne de faire croire aux Algériens que l'occident est un ennemi et fermer les yeux sur les colons arabo-turcs, ceci est une injustice d'actualité, car celui qui a entrainé l'Algérie dans la conquête de l'Espagne dirigée par une armée berbère et un général berbère Tarek Ibn Ziyad, c'est le système califat omeyyade, puis celui qu'a exploité la marine algérienne pour faire la piraterie en Méditerranée ce sont les califes ottomans. Et en fin de compte, celui qui a subi de plein fouet la colère de l'occident, ce n'était ni la Turquie ni l'Arabie c'était plutôt le peuple algérien. C'est ce qui a fait que la France a occupé l'Algérie, en tenant compte de la lourde facture payée par le peuple algérien pour réparer les Degas commise par le système califat.

Il semble que l'histoire se répète. Aujourd'hui, l'Algérie n'a pas compris les leçons du passé, elle se fessait dirigée encore une fois par les Arabes en allant faire la guerre contre Israël en 1973. Mais ce ne sont pas les Juifs qui ont falsifié l'histoire de l'Algérie, et déshumanisé le peuple berbère en leur faisant croire que ce sont des Arabes et qu'ils ne sortiront jamais de ce processus, ce ne sont pas les juifs qui ont forcé les Algériens pour nier leur langue originaire qui est le Tamazirt, utilisant l'arabe par force. Le système califat continue d'utiliser son art mensonger, pour trouver un ennemi aux Algériens, comme il a fait au moyen âge, jusqu'au point ou l'algérien ne voit qu'Israël et la France comme ennemis. Voyons les choses en claire, il est tout à fait logique que l'autre se méfie à l'égard de celui qui le prend pour un ennemi. Aujourd'hui, à cause de ces âneries politiques, les Algériens ont du mal à bénéficier d'un visa pour rentrer en occident, cela risque de retomber encore une fois sur leurs nez au moment où leur destin est dirigé par un système califat qui ne voit que les judéo-chrétiens comme ennemis.

L'important n'est pas de continuer à vivre, avec la haine de l'autre, et obéir à ses émotions pour vendre sa raison au diable, et passer sa vie à battre un fer froid en perdant son temps et ces énergies, mais vivre avec la vérité même si elle est amère à accepter, elle fait partie du processus des ententes, car c'est à travers le mal que l'on connait le bien. Celui qui vit en harmonie avec la vérité et la tolérance certes qu'il gagnera en équilibre et évitera la chute. L'Algérie a vécu une longue décente en enfer à cause de ce système califat, il est grand temps de faire l'autocritique et se remettre en question et bâtir un pays sur le verdict et sortir de cette bulle de l'antagonisme arabe.

La force dominatrice :

Sur le grand échiquier de la vie, nous avons tous une position à prendre, un rôle à jouer. Le mot neutre est illusoire dans ce monde de la concurrence, chacun est un pion et la difficulté commence lorsque le mal et le bien se réunissent pour s'affronter dans cette bataille, qui est la vie, nous impose ces règles les plus strictes, où chacun a sa manière de se battre pour exister et se protéger.

Je me souviens quand j'ai été petit, mon grand-père expliqua à mes yeux les leçons de sagesse par l'effet. Au bord de vieux rocher de notre ville Constantine, mon grand-père promena au hasard son regard sur la plaine, parcourra tous les points de l'immense étendue, son visage était triste et beau comme la lumière d'un flambeau. Avec ces yeux verts, il a un regard de félin, ressemblait à un lion solitaire, un tel sage, debout en sa hauteur, traine à ses côtés, l'espoir avec ses méditations célestes, son regard stable fixé au fond du ciel, et en train de lire la création de Dieu. Cette lecture lui a fait découvrir de beaux secrets. À la fin de chaque méditation, il tenait des expressions pleines de grâce, il se souvint encore des conseils de ces maitres soufis, qui lui ont transmis cet art de la méditation. À chaque fois, quand il finit une séance de méditation, il note toutes ces idées acquises sur un cahier, pour mémoriser sa pensée qui servira aux générations futures.

Mon grand-père m'a enseigné la morale du cœur, en me déchiffrant les pièges de la société actuelle ; critiqua, au nom de ces idées, le gouvernement, et ce siècle des grandes escroqueries ; l'intelligence admirable de mon grand-père, en qui la mémoire et la sagesse étaient si profondément unies ; mais la plus accomplie au sens moral, que je trouvais forte intéressante du point de vue nostalgique c'est lorsqu'il me racontait l'histoire de l'Algérie. Il était dans le devoir qu'un tel homme, plein de beaucoup de sagesse, arrive à la fin de sa vie et ne gagne le repos de la mort qu'après avoir transmis l'histoire à ces petits enfants. Chez les Berbères tout rénovateurs des valeurs humaines est considéré un « Wali » un « Cid » et qui signifie un saint protecteur autant que seigneur : Cette vieille tradition continua jusqu'à nos jours, génération après génération, de père en fils pour conserver notre histoire ancestrale.

La méditation est une chose ordinaire dans la vie des prophètes. C'est un travail spirituel qui conduit à une linéarité de lecture de la création de Dieu, elle gère la réflexion du sens de notre existence sur terre. Moïse passait beaucoup de temps à distinguer l'œuvre magistral de Dieu sur le mont Sinaï, ainsi que Mohamed dans la grotte de Hira. Cette pratique considérée par les soufis comme la pure prière, à la portée de tout le monde, car la méditation se pratiquer dans n'importe quel coin de la planète.

Dans le soufisme chaque instant de la vie est une prière, aller jusqu'à faire une méditation avant de prendre un repas, médité sur la parole qui est un don nature, ou écouté l'autre avec soin. Il est beau d'observer, la force de la méditation, le calme et la paix chez un soufi. Puis, dans l'école soufie, la logique est une discipline majeure, elle sert à interpréter le monde et son sens, tel qu'il est. Malheureusement, nous sommes face à un envahisseur très discret, silencieux comme un sous-marin, il attaque brutalement les points forts de notre civilisation, ajoutez-y le mouvement de la pensée islamique, dont l'expansion a commencé alors, en même temps que l'arabisation de l'Algérie.

Il n'est rien de commun entre le soufisme algérien et la religion des califes. L'école soufie algérienne a soutenu l'idée de l'humanisme et l'a fortement séparée de l'intérêt personnel. Elle a défendu la liberté humaine au point de vue philosophique, moral et politique est devenu le porte-drapeau de nos valeurs berbères, depuis Saint-Maximilien de Theveste un soufi berbère mort en refusant de tuer une âme et l'Émir Abdel-Kader un soufi mena une guerre contre l'injustice des musulmans en sauvant les chrétiens de l'orient, l'imam soufi Kaddour Benghabrit recteur de la mosquée de paris a sauvé les juifs pendant l'occupation nazie, leurs a attribué une identité musulmane pour qui ne tombent pas dans les mains des nazies. Ces actions de noblesse et d'humanisme à elles seules rapportent de grosses montagnes d'argumentations, que le soufisme algérien est un culte pacifique et loyal, fut l'une des sources identitaires algériennes, depuis l'école théologique de Saint-Augustin jusqu'à celle de cidi el-houari. Contrairement à ce qu'on constate dans la religion de fabrication califat qui est un culte haineux et sanguinaire par excellence.

Quand on abandonne son histoire, sa littérature et sa culture, le sentiment de la patrie s'efface devant ces rivalités coloniales, puis le vaincu appartient au vainqueur, il le fait esclave ou il le tue. Les colons arabes ont affaibli le vieux soufisme algérien, par leur mythologie islamique, qui leur sert comme une arme offensive de basse ; refusent la critique, en allant punir la liberté de pensée qui est l'âme du soufisme ! C'était le plus vaste iceberg, qui bloquait la pensée algérienne depuis tant de siècles, puis le pays craqua et s'effondra sous cet impérialisme, avant de se mettre en mouvement pour être emporté par les vagues jusqu'au cœur de l'Arabie ! À partir de ce naufrage, l'Algérie est étiquetée un pays arabe, cette feinte était dans le but de forcer les Algériens pour qu'ils ne sachent pas vraiment qui sont des tamazirts !

Mon grand-père cet homme à la foi solide, quand il parle avec les islamistes, était armé d'une argumentation concrète à laquelle nul n'a jamais résisté ; enfin, Dieu lui a donné une vision juste pour diriger ses actions. Sa vision éclaira les choses le plus sombres, et ne l'a jamais trahi ; car la grâce de son esprit est alimentée par la force mystique, derrière son aptitude une divinité réside, et ce génie qui parle dans son âme c'est le génie du monde virtuel.

La force dominante arabe s'exerça dans l'insolence, une fois lancée, après l'indépendance de l'Algérie en 1962, le pouvoir élargit son mépris contre les Berbères, devenu de plus en plus tyrannique, la langue de colon arabe est devenue la langue officielle. Le colon arabe augmenta sa haine contre les autochtones puis s'attaqua aux origines des Algériens en détruisant leur histoire berbère, cherchant à faire croire au peuple algérien qu'il est Arabe et ne sortira jamais de ce processus.

L'Algérie, pays des grandes civilisations numides et gréco-romaines, un pays lourd d'histoire, comme en témoigne le tassili l'un de plus ancien monument sur la planète. Malgré cette empreinte identitaire profonde, le gouvernement dominé par le dominant arabe fait en sorte que la langue algérienne qui est le Tamazirt et l'histoire de l'Algérie numide ne sont pas enseignées aux Algériens. C'est l'une des souffrances les plus profondes qu'a subies le peuple algérien, une déshumanisation qui se produit par le plus long système colonial que l'histoire algérienne n'ait jamais connu.

Les Algériens arabisés troublent la raison, s'investissent à une pire tromperie pour donner l'Algérie aux Arabes , une chose de spécial que le peuple algérien n'avait jamais connu auparavant auquel il doit faire face à ces compatriotes pour défendre sa souveraineté, il se fait trahir par un gouvernement qu'a conduit l'Algérie à un désastre sur tous les plans, avec un système politique connu par ces séries des coups d'états, et d'assassinats   contre toute sorte d'opposition en arrivant jusqu'à l'assassinat du président Boudiaf en 1992. Le système politique algérien abrite la mafia que les forces judiciaires ne contrôlent plus, le pays est devenu une proie partagée entre les grands prédateurs militaires et les politiciens, comme un calife qui partage le butin avec ces proches.

Le système politique arabo-musulmans, tous plus corrompus les uns que les autres, tellement est incompétent dans le développement industriel, il a fait de l'Algérie l'un des pays qui construit plus de mosquées que des usines, la construction de la grande mosquée de Constantine, suivit par la plus grande mosquée au monde à Alger cet engagement trop mobile peu utile, jette de la poudre aux yeux et présente une Algérie moyenâgeuse, sans rien n'a proposé de concret pour faire face à la crise économique et le développement du pays, se rajoute à cela, une langue arabe stérile imposée par force aux Algériens, est devenue un énorme frein à la modernisation, tandis que la mosquée a joué un rôle important pour hypnotiser le peuple. Mais la mafia algérienne qui a arabisé et islamisé l'Algérie, vit la vie du calife, du sultan et du pacha dans les villes le plus luxueuses au monde à Paris, Londres, Genève et Doubaï.

On ne peut pas construire un pays avec une langue arabe stérile et une idéologie religieuse vieillissante, très complexe, et difficile à comprendre, une religion qui possède au sein d'elle-même une centaine de religions entre malikites, chaféites, hanbalites, ahmadites, sunnites, chiites et ainsi de suite, pratiquée par différents rites et écoles théologiques qui n'offre aucune évolution scientifique, ni technologique.

Il n'est pas juste qu'un peuple en dirige un autre, le peuple est livré aux spéculateurs de la religion. Ce constat nous permet d'expliquer que les symptômes de l'échec d'une nation apparaissent lorsque la religion est utilisée pour régner ; c'est ce qui s'est, manifestement passé en Algérie et c'est ce qui a conduit l'Empire perse et Romain, à leurs extinctions, et l'Europe médiévale à l'âge obscur.

Mon grand-père, m'a déjà évoqué le récit de l'échiquier, il m'a positionné et mon père, lui, me l'a expliqué. Quant à moi, ma volonté était simplement de me pencher sur ce monde qui occulte le triste visage de mon époque. Faire ma propre idée sur ce monde est devenu pour moi utopique. J'étais conscient de la complexité du chemin qui fallait que j'empreinte. Là, où la nécessité d'attraper une clé, pendue au sommet du succès, était primordiale, pour me permettre de franchir la porte du réel et ainsi, lever le voile sur le secret de mon pays. Néanmoins, rien ne m'est totalement transparent. Toutes explications données, conditionne ma façon de penser. C'est pourquoi j'en ai conclu, qu'il était préférable d'être hétérogène. Sortir de mon éprouvette et déserter ce laboratoire, tout en ayant pour résolution de susciter ma propre optique, afin d'avoir le pouvoir sur mes idées.

Nous vivons dans un monde lumineux et nos directions sont parfaitement éclairées, mais cette lumière accablée par l'obscurité ne fait que me plonger dans le désarroi. La seule lueur qui me permet d'assouvir ma revendication est celle qui ne s'éteint pas ; le savoir. En conséquence, j'ai baptisé ma propre perspective, avec mes connaissances acquises, m'informer sur la nature de notre société et sur la place que nous y occupons parmi les autres nations.

Plongé en plein cœur d'une société aux idées déjà fournit par le colon arabe, m'a donné le délice de ranger ce qui était dérangé. J'ai cru voir sur mon cœur un empire d'énergie, on dirait que le ciel m'a confié ce devoir. Suivre la vérité me suffit ; sans passer par le soleil des colons qui n'éclaire plus mon pays. J'ai cheminé, avec concentration comme les soufis, en avançant à controverse de la penser islamique, que nous devrions bien nous en sortir, ces valeurs auxquelles j'aspire, est un risque que je prends, celui d'échouer à ma volonté et de m'y perdre dans l'impérialisme.

Toutes fois, après avoir atteint cette vocation, cela

peut prendre une tournure discordante et peut être relativement complexe d'en ressortir, étant donné que nous nous retrouvons face à une vérité qui n'est plus celle que l'on dissimule, mais bien celle qui est réelle. Penser que ce monde est un paradis sur terre est tout simplement une vision erronée, fondée par une société qui domine nos pensées et cette suprématie est antithétique à ce pour quoi je prétends être. Grâce au savoir éternel, nous pouvons distinguer la lumière de l'obscurité et ainsi éviter les nombreuses failles artificielles.

Si un tel échec apparait dans une société, la critique du système politique est évidemment légitime. Par conséquent, si l'échec s'allonge de jour en jour, et si rien n'est fait pour rebondir et sortir de la crise, le doute s'installa dans les esprits, et le système politique perd toute crédibilité auprès de la population, ainsi nulle confiance ne se reproduira. C'est à travers cet échec que j'étais obligé d'identifier ma façon de vivre. J'ai appris les règles de l'échiquier en méditant sur mon époque, durant plusieurs années pour pouvoir former ma propre idée. Et rien ne me semble plus lège que la vérité, car je veux être moi-même ! je refusai de faire semblant que je suis un Arabe, je ne me compare avec personne : je risque de devenir un faux. C'est peut-être le meilleur moyen de conquérir sa liberté et semer la paix dans le monde. Cette prise de maturité m'a rendu un nouvel homme, contre le totalitarisme et le nationalisme arabe, qui a envahi mon pays.

En conséquence, l'indépendance de l'Algérie n'est pas suffisante pour rendre une nation heureuse. La vie d'une société est assurée par le dynamisme économique et le progrès scientifique. L'évolution d'un peuple civilisé est le résultat d'un travail de qualité, d'un gouvernement qui veille sur l'exigence du perfectionnisme artistique et scientifique. En Algérie, la politique est liée à un état émotionnel moyenâgeux qui évite de voir la réalité en face, entre ces incompétences et les défis auxquels le régime algérien est confronté aujourd'hui.

Ce régime politique est comme une boule de neige ; se durcit au fil du temps et devient de plus en plus épais et inefficace. Cela signifie que tous les éléments de la vie des Algériens sont destinés à être pris en échec par une politique incompétente. Toutes les richesses du pays appartiennent au calife par défaut, qui est défini comme le pouvoir central d'une politique tribale, dans laquelle, le chef de la tribu partage les butins avec son clan familial. Cette gérance finit toujours par la révolte ou la guerre, voire les deux à la fois. C'est pour cette raison qu'il y a eu une guerre civile en Algérie dans les années 1990, suivie par une révolution pacifique de 2019.

La politique algérienne, qui vit dans une crainte permanente, ne veut ou ne peut pas, par sa nature hypocrite et mafieuse, reconnaitre son incompétence et ne vise qu'un but ; suivre le protocole qui participe lui-même a élevé le degré de la corruption. Consistant à dire que l'autocratie, est l'art du possible. C'est l'aveu d'une immoralité devant des faits incontrôlés, ainsi que d'un sacrifice à n'utiliser que les moyens de bousculer à gauche ou à droite ce qui existe actuellement en Algérie, sans consulter les vrais problèmes, de la vie citoyenne, sans faire autre chose que de forcer la destruction du pays.

Je me suis réveillé politiquement à l'âge de neuf

ans, dès mon plus jeune âge, j'ai perdu confiance à ce gouvernement de la haute trahison. Ils ont brulé mon identité et mes rêves. Je vivais cloitré derrière les barreaux de l'impérialisme, renfermé entre quatre murs du nationalisme arabe. Le colonialisme arabe a réussi là où d'autres ont échoué, il a gagné une obéissance totale au sein du peuple algérien, il s'est incrusté automatiquement à travers une éducation islamique purement impérialiste. Quand on n'a ni liberté d'expression ni diversité religieuse, la force dominante devient l'unique propriétaire de nos esprits, qui ont subi une forte opération d'endoctrinement. Du coup, le peuple a perdu le sens de la mesure, est devenu aveugle, dans un pays qui appartient au dominant et au royaume des aveugles, les borgnes sont rois.

Ils peuvent emprisonner mon corps, mais personne ne pourra arrêter ma liberté de pensée, je ne chercherai ni allié, ni vengeur et si l'on me demande où j'ai passé ma scolarité, je serai ravie de raconter ma lutte contre la force dominatrice de mon pays. Puisque le dominant lui faut encore des ennemis. Le colon arabe continua de nouveau à donner ces doses haineuses, contre le peuple juif, m'empêcha de vivre avec mes amis juifs et chrétiens, il veut me rendre raciste pour qu'il gagner ma sympathie uniquement pour lui.

Pourtant je suis un Berbère ! je n'étais rien pour lui, alors, qui était-il pour moi ? Pour qu'il ose me dictait, qui fallait détester les juifs ? Il a oublié que celui qui colonise mon pays depuis quatorze siècles ce ne sont pas les juifs ! il pense que je suis né pour réaliser sa jouissance de la haine, pourtant, qui t'aide à la haine te fait tort. Il n'y a là rien de raisonnable, puisqu'il se voyait le propriétaire de l'islam, soit on déteste ce qu'il a envie de détester, soit il nous souligne parmi les mécréants ! d'ailleurs, on est jugé et condamné inférieur aux Arabes et moins noble par rapport à cette race, ce colon se croit supérieur à tout le monde. Et, c'est ça, être un système Califat.

Le champ de bataille est devenu clair. Lorsque ce système califat s'attaque à mon choix et s'en prend à moi, j'affirme que c'est un ennemi ; en Algérie, j'ai l'impression que je suis en train de vivre la théorie de Hegel « La dialectique du maitre et de l'esclave » une âme habituée à la liberté ne pourra jamais s'abaisser à l'impérialisme, personne ne peut nous rendre mauvais si nous voulons être bons. Ma révolte a augmenté, car j'ai commencé à comprendre que ce système me veut du mal. Et lorsque le mensonge de ce système arabo-islamiste n'est plus convaincant, il force avec la violence et le terrorisme pour bâtir son système califat, à cause de ce désastre politique, une grande partie de la population souhaite quitter le pays qui est en désordre, et le peuple en crainte.

Ce colon malin à l'état pur a falsifié la parole divine durant toute l'histoire de l'islam, pour suivre une idéologie sanguinaire des califes. Dites-vous bien, aucune nation n'accepterait d'être colonisée par une autre. Et, la vraie religion du ciel n'accepte pas, la haine, les mensonges ou le méprit. Une religion qui venait de l'Arabie pour détruire mon identité, ma culture, et ma langue, mon histoire et elle colonise mon pays, je suis obligé de la combattre. Elle se montre une force dominante, je me montre un soldat-défendeur de mes droits.

La méditation :

Dans une nuit d'été, assis au rebord de la fenêtre, une légère lumière qui se laissait absorber par les nuages, m'ouvre une pertinence à la méditation ; quoi de mieux que de méditer sous un ciel silencieux? De ce fait, je suis en pleine réflexion, ma tête posée entre mes mains, je me questionnai :

— Pourquoi ma curiosité me pousse-t-elle à la recherche de ce qui est difficile à trouver ? C'est alors que je me suis laissé aller, en compagnie de mes pensées, dans un voyage lointain, à la découverte d'un plaisir spirituel, vierge de sens. Le défile d'idées qui anime mon esprit, m'a permis de crée une perspective originale, et ma conscience se chargea d'analyser mes aperçus.

Il est certes que la nuit porte conseil et c'est à ce moment-là, où toute couleur existante se cache, laissa place à l'esprit, qui creuse dans l'obscurité étendue de ce fantasme pour ainsi, édifier une relative perception. Voici pourquoi, l'obscurité a toujours été l'oasis de prédilection des artistes et des scientifiques. Ces chercheurs de toutes nuances ont trouvé dans ce calme désertique, une source d'inspiration inépuisable, de quoi nourrir le savoir.

Mes yeux perçoivent ce vide obscur, mon ouïe reste hypnotisée par ce silence synoptique, de telle façon qu'est mélangé à tout ce tumulte, et c'est là où je pouvais libérer mes peines, celles qui étaient à la fois, déroutantes, mais aussi utopiques. Mes pensées, quant à elles, apparaissent une à une, dans l'immensité du ciel, qui, aussi sombre soit-il, éclairé par une frêle lueur, me permet de raviver mes rêves. Bien que le chemin soit encore long, j'ai commencé, cette nuit-là, à y faire les premiers pas. Le pouvoir de réflexion d'un homme est comparable à l'infinité de la galaxie ; nos pensées sont inépuisables, bien qu'elles soient séparées les unes des autres, sont perçues dans un seul et même univers, propre à chacun.

Perdu dans un recoin de la mémoire humaine, un rayon lumineux m'a conduit au centre de l'obscurité et j'ai ainsi pu visualiser ce qu'était le mal. J'y ai découvert l'un des secrets les plus étouffés ; ce qui est responsable de nos malheurs armés, avec les forces les plus narcissiques, celles qui ont transformé l'homme en prédateur qui monopolise les biens d'autrui, au-delà de ses besoins essentiels. Lorsque j'ai regardé dans le miroir rétroviseur de notre passé, j'ai entraperçu le mot « vouloir » et à l'instant même, celui-ci m'a paru être le fondateur de cet affront.

Le premier meurtre de l'humanité se produisait lorsque Caïn s'inclina devant ses envies et commença à éprouver des pulsions malsaines envers elles. Il s'exclama de telle façon à son frère :

— Cela me revient et je le possèderai, qu'importe le prix à payer. En faisant part de cela, Caïn a tenu parole, il a donc tué son propre frère, Abel, pour assouvir ses désirs les plus profonds. Au fil du temps, la criminalité a pris de l'ampleur, elle est devenue beaucoup plus courante. Aujourd'hui, il existe plusieurs causalités qui justifient un crime ; tuer par nécessité ou tuer par envie. Les héritiers de Caïn sont tout simplement ceux qui sont fascinés par le verbe « vouloir » par la possession et le narcissisme. Néanmoins, nous pouvons en conclure qu'un acte aussi tragique et barbare déshumanise l'être humain.

La nature humaine emmagasine des envies épicuriennes. Les mauvais esprits s'appuient sur la restriction des capacités de l'intelligence humaine, pour lui inculquer la posologie de l'envie. C'est une façon de faire plonger l'individu dans l'idolâtrie du narcissisme et le forcer à devenir malin ; cette faculté luciférienne conduit au mal, qui en l'occurrence, vient du mot « malin » et qui par la même occasion, est l'un des noms de Lucifer. C'est ensuite que vient le moment où la proie se laisse gagner par l'hystérie de ses envies, cependant, l'anthropologie nous permet de faire la comparaison entre l'homme malin et l'homme intelligent. C'est un contraste présent entre Caïn et Abel, entre le bien et le mal, entre le crime et la tolérance, entre l'amour et la haine. Ainsi, l'homme hanté par ces envies se métamorphose et sa conscience morale est réduite à l'état bestial ; devient prédateur. Par conséquent, l'avarice est à l'origine de cette montée en puissance, de la violence et de ces nombreuses guerres.

Soudain, les questions tombèrent à l'affut, comme des gouttes de la pluie. À quoi bon bâtir des villes ? Et par la même occasion, industrialiser des bombes ! Ce qu'ils entreprennent est en totale contradiction. Une simple bombe peut anéantir une ville entière, décimer ces habitants et son architecture.

Pour quelle raison aiment-ils tant vivre en paix, en allant détruire celle d'autrui ? Pourquoi l'homme que je perçois me parait-il irréel, dans un monde pourtant bien réel ? À quoi bon faire la distinction entre le bien et le mal ? Est-ce que cela nous prouve que la notion de bien n'est qu'un fonctionnement spontané ? Quel est l'outil de mesure de notre jugement ? Qui peut nous faire montrer si nous avons raison ou tort ? Comment peut-on trouver ce qui pourrait nous unir ? Quelles sont les sources fondamentales de la recherche de la raison ?

La réponse peut être interprétée par le bienêtre moral de l'homme, cette soif de certitude exigée par la curiosité, elle nous renvoie à la conscience morale et à la réflexion de ce qui se passe actuellement, mais aussi de ce qui s'est déjà déroulé. Cependant, en réalité, la majorité de nos sociétés ne semblent pas certaines. Elles fonctionnent selon les idéaux et les principes déjà fondés et n'osent pas accueillir de nouvelles bases de données pour s'ouvrir sur le monde contemporain.

L'idéologie de Caïn est toujours présente avec nous et si aujourd'hui le monde souffre, c'est essentiellement le système financier qui en est la cause. Ce sujet préoccupe énormément de personnes, c'est pourquoi je ne suis pas le seul à m'exprimer sur ce fait. La population qui en est directement affectée n'en parle pas ouvertement, mais elle sait pertinemment qui s'agit d'un échec qui demeure depuis longtemps. C'est un dilemme difficile à résoudre et ceux qui s'y sont attelés ont vite laissé tomber.

La mondialisation nous aveugle et nous n'arrivons plus à distinguer un pays riche et d'un pays pauvre. Tout simplement parce qu'au sommet de la pyramide se trouve la richesse qui se joint à la puissante, en dessous de cette case, nous avons une couche moins importante de personnes dotées d'assez d'intelligence, pour faire tourner ce pouvoir à plein régime et puis dans la case inférieure, il y a une grande masse d'une valeur intermédiaire, qui sert surtout à alimenter ce système, grâce au pouvoir d'achat. Cependant, la grande majorité se trouve au bas fond de la société, c'est elle qui porte le poids de cette pyramide. La preuve étant que le pouvoir financier d'Amazon ou bien de Microsoft est équivalent à plusieurs pays du monde, c'est pourquoi la puissance contemporaine est soumise aux normes individuelles, car les pays riches et pauvres n'existent plus, aujourd'hui nous faisons cette distinction en parlant d'individus ; un individu riche et un individu pauvre.

Par ailleurs, nous pouvons remarquer que de nombreux individus dits « riches » veulent surpasser l'adversité, et ce, quel qu'en soit le prix à payer ; les marchands d'armes qui s'enrichissent sur les guerres, les gros pollueurs qui s'enrichissent sur notre santé, etc. Cette dynastie financière a créé son propre monde, où l'homme n'est désormais plus qu'un simple chiffre, il est nommé capital humain, une simple machine à consommation sans âme.

La misère du monde, sur laquelle nous fermons les yeux, commence à côtoyer nos portes. Lorsque le feu était allumé ailleurs, notre égoïsme nous a aveuglés et nous sommes tombés dans notre propre piège, celui de l'individualisme. Par conséquent, le feu a pris de l'ampleur pour finalement s'introduire près de chez nous. La crise économique en Algérie a tiré sa sonnette d'alarme et la panique s'est installée dans notre société. Cette Algérie qui m'a vu naitre, celle qui a été la terre d'accueil de toutes les langues et religions, n'est plus que la terre des guerres et des conflits ; elle a fini par devenir la terre de la misère islamiste.

Cet aveuglement est dû à un tsunami d'arabisation qu'a frappé l'Algérie ; la misère du pays est dirigée par un système dosé en anesthésie islamique. Les islamistes ont accompli leurs tâches, et ont assuré leurs jouissances sanguinaires, en faisant revivre l'idéologie de Caïn. La vague a amené avec elle des solutions lucifériennes, pour animer la haine et le crime, par conséquent, ont exploité la colère et le désespoir des Algériens, et ainsi les jeter au plus vite dans l'enfer du terrorisme, au nom du projet islamique.

Ce projet haineux a rendu impossibles le développement économique algérien et cette drogue islamiste, a renfermé le peuple dans un stress permanent, dans un suicide perpétuel. Il n'y a plus aucune cohésion dans notre monde. Le crime de Caïn s'applique jusqu'à nos jours et cette distance entre le mal et le bien, nous sépare ; une partie vie au plus haut sommet du mal et une autre bloquées dans une position d'angoisse.

Je sortis dans le jardin pour mieux raisonner, le ciel était toujours lugubre, mais la pluie avait cessé, je suis attaché à un sentiment particulier à cette ambiance. À cet instant-là, j'avais besoin de sentir la puissance du plus haut. Dieu nous invita à lire ces nombreux signes majestueux, comme ces étoiles qui scintillaient dans l'obscurité. Elles paraissaient si loin de moi, mais malgré leur distance, me laissaient un arrière-gout de bonheur et plus je prenais une dose d'émerveillement, plus que je médite ; je me sentais enfin apaisé grâce à l'amour de Dieu. Assis sur le porche de la maison, mon esprit était centré sur le ciel, quand soudain, j'ai entraperçu un chat noir, celui-ci me regardait fixement.

— D'où viens-tu ? Je ne t'avais jamais croisé auparavant.

Il était peut-être perdu ou pensait surement être sur le bon chemin. Un instant après, il commençait à s'avancer vers moi, toujours en restant sur sa garde ; il devait avoir peur. J'ai alors compris qu'il était possible, qu'il soit juste affamé. Je suis donc parti dans la cuisine, pour lui chercher de quoi manger ; un peu de lait et un reste de morceau de viande du diner de ce soir. En lui rapportant, il se mit à examiner minutieusement ce que je lui avais concocté, puis quelques minutes plus tard, se mit à me câliner.

— Es-tu égaré, comme un de ces voyageurs qui se trouveraient sur des terres inconnues ? Ce chat, qui avait fini de manger, reprit son chemin dans l'obscurité. J'ai pensé l'espace d'un instant que lui et moi étions pareils. Étant un chat, il était normal pour lui d'être domestiqué sans pour autant perdre de son état sauvage. Peut-être, m'avait-on envoyé ce chat noir pour approfondir ma réflexion, et découvrir que je suis un être humain dans un état sauvage, car mon ancêtre Caïn était un criminel. Ce chat en dirait qu'il est venu me dire :

— La vie n'a jamais été difficile c'est plutôt l'homme qui est difficile.

Mon pays qui vient de finir une terrible grande guerre d'indépendance, aujourd'hui enchaine un autre affrontement contre le terrorisme, c'est comme renaitre de nouveau pour aller se battre contre l'occupation islamiste. Les personnes qui étaient en échec scolaire sont devenues des imams qui gèrent la vie des Algériens, étaient payés pour penser à la place des gens. Le choix intellectuel était soumis aux normes islamiques avec des incompétences. En d'autres termes, les imams radicaux sont devenus les savants dans une société aveuglée par la religion. Et les vrais scientifiques algériens étaient ignoré au sein de leur société comme : le prix noble de physique Claude Cohen Tannoudji, Noureddine Melikechi et, ainsi de suite.

Dans les livres scolaires, on ne trouve pas les noms des scientifiques algériens. Mais une grande partie du système scolaire considère que la religion et la culture arabes sont plus importantes que la culture et l'histoire algérienne. Et pourtant ce qui est relevé de la religion n'est pas nécessairement moral, souvent même est immorale comme le terrorisme venu de la religion, car les califes étaient des sanguinaires. Dans ce paysage islamiste tout trompeur, vis aux dépens de celui qui le croit.

Ce système a mené l'Algérie à sa perte, et le pays ressemble fidèlement à l'état bédouin des tribus d'Arabie, de l'époque antéislamique. Tout ce qui est le plus noble, le plus scientifique et qui développe l'homme, le gouvernement algérien lui a tourné le dos, et ceux qui ont tenté de lui donner réussite ont disparu. Et tout ce qui était rejeté par le monde positif se trouvé en Algérie. Ce sont les traditions préislamiques de Bédouins arabes, avec toutes leurs barbaries, naissent de nouveau sur la terre de Saint-Augustin avec un nouveau monopole islamique sert à escroquer les Algériens en abusant de l'absence de la démocratie et la diversité religieuse, protégé par une force politique arabisée qui abuse de sa position dominante, transformant l'Algérie à un terrain de guerre pour les islamistes.

Début de l'islamisation en Algérie :

À Constantine, notre maison est située à côté d'une nouvelle mosquée construite dans les années 70 dans la rue « bienfait à l'impasse Moklier », cette mosquée a poussé sur le terrain du jardin de Natalie connue au nom de Nanou. Une femme algérienne d'origine française, qui aimait beaucoup les enfants, elle a transformé son jardin en une aire de jeux pour enfants connus au nom de jardin de Nanou, une association éducative pour les enfants du quartier, Nanou s'occupait pleinement de nous, son jardin se transformait à une base militaire des colons arabes, appelé mosquée. Un matin, je me suis réveillé sur les hurlements des islamistes qui manifestaient leur colère dans la rue :

— « Allah Akbar…Allah Akbar…. Nous vivons et mourons pour ce mot » Ouff… ! Ces fous de l'islamisme ne m'ont pas laissé dormir, je me suis dit : au mon Dieu ! Le pire est arrivé. Je crois qu'on est mal barré, la guerre civile commença à se sentir, blâmer, juger et condamner est devenu le mot maitre des islamistes qui sont en train d'utiliser l'islam comme passerelle pour aller au pouvoir.

Le volcan algérien était en pleine ébullition et le FIS « Front islamique du salut », il voulait coude à coude faire exploser le pays. Il avait l'intérêt dans le problème économique du pays et non pas dans la solution. J'avais l'impression qui voulait faire la téléréalité du film «Le Message» avec sa police religieuse comme en Arabie saoudite. Le FIS était en train de jouer le personnage de l'acteur américain Anthony Quinn dans le rôle d'Hamza dans le film de Message. Les villes et villages Algériens ont été infectés par l'une des pires maladies psychiques qu'avait connues l'Algérie, c'était l'islamisme. Le peuple ne connaissait pas grand-chose sur l'Islam, et n'a jamais eu un problème de religions auparavant, on lui a rajouté cette épreuve, c'est comme si la religion était la cause de la souffrance des Algériens ! Mais les islamistes lui ont fait avaler la poudre à canon la plus dangereuse sur la planète pour qu'il s'explose et terminer avec un suicide collectif, comme ça le peuple algérien disparaitra et laissa l'Algérie aux arabo-islamistes, pour qu'ils installent leur système califat en face de l'Europe.

Comme chaque matinée, les vapeurs de l'odeur du café sont devenues mon alarme d'horloge. Ma mère comme tout le matin prépare les plateaux du petit déjeuner bien garni avec des gâteaux faits maison, elle m'accueille chaque matin avec le même sourire, la même joie dans ses yeux se trouve une tendresse muette, j'avais par elle appris le sens de la vie, elle avait fait de moi un homme humain. Ma mère me disait :

— Le fils de la voisine a eu son baccalauréat, si Dieu le veut ça serait mon fils l'année prochaine et ça serait à mon tour de faire la fête. Je regardai ma mère avec un sourire inhabituel à contrecœur en lui disent :

— Pour quoi faire ? Elle a deviné toute de suite, et avec déception : que je ne voulais plus continuer mes études ! Un silence dur s'installa dans la pièce, j'ai compris sa douleur, elle veut faire de moi un grand homme, je connais ma mère : sa colère fut terrible, elle peut se transformer en fureur. Ce matin, elle m'a traité en tout autre cas, elle avait dû croire que je commençai à dévier le droit chemin. Du coup, elle se tenait à m'éclairer, me bâtir à nouveau.

Je sais parfaitement pourquoi ma mère fait beaucoup des soucis pour moi. Elle en avait trop sur le cœur, elle a perdu ces deux frères durant la guerre d'indépendance de l'Algérie, ensuite la mort de mon père qui nous a quittés ça fait déjà six ans. Je suis son fils unique, et elle a tout misé sur moi pour que je réussisse ma vie. Je n'aime pas lui désobéir et lui rajoute encore un autre malheur.

Je passe souvent mon temps à la maison auprès d'elle. Je lis des livres, je dessine, j'invente des petits objets pour m'amuser. J'étais l'homme de la maison alors que je jouais encore avec des jeux d'agencement et même avec mon petit train, le côté enfantin n'était pas mort en moi. Nous vivons avec le seul petit salaire de ma grande sœur qui travaille à la poste, même lorsqu'elle rentre fatiguée, elle aide ma mère pour les tâches ménagères pendant que moi j'ai fait mes devoirs sur la table de notre cuisine.

Au petit déjeuner, les rayons de soleil envahissent progressivement notre petite cuisine. Ma sœur en train de regarder l'heure, elle se prépara pour aller au travail. Tandis que moi j'ai envie, de sortir me promène. Mais je dois demander toujours la permission à ma mère avant de sortir dehors. Je choisis toujours, un des moments où elle est calme, car je sais qu'elle ne peut me refuser, puis j'attends la réponse qu'elle va me donner :
— Mon fils tu ne peux pas me tenir compagnie dans cette matinée ! La voix de ma mère était aussi agréable que son sourire, sa voix me permeta de réfléchir sur ce que je devais faire, je ne veux pas lui amener des problèmes, je veux qu'elle reste tranquille.

Généralement quand je lui demande de sortir dehors je la rends soucieuse. Elle s'inquiète trop pour moi lorsque je suis dehors, elle réveilla de pénibles souvenirs de ces frères qui sont sortis de la maison et ne sont plus jamais revenus, sa confiance m'a rendu trop attentif sur les pièges du monde extérieur. Elle me disait :
— Attention ! où tu métras tes pieds il y'a pleine de pièges dans la vie. Ma mère m'a appris à marcher parmi les prudents sur les multiples chemins de la vie. Et je ne lui ai jamais amené le moindre problème.

Ma mère m'a permis de sortir dehors à condition que je ne m'éloigne pas de la maison. Je suis toujours élégant comme mon père avant qu'il sorte dehors, ces chaussures bien cirées, les cheveux bien coiffés, les vêtements parfumés, en dirait une œuvre d'art. J'ai mis mes vêtements pour sortir me promener en ville pour oublier un peu mon entourage familial. J'ai décidé d'aller visiter les ponts de la ville, c'était mon seul lieu de vacances, car nous n'avons pas beaucoup d'argent pour partir en vacances ou faire des petites sorties dans les villes côtières qui sont proches de Constantine.

La belle époque :

Dans ma ville natale, j'adore regarder d'en bas le pont de « Cidi-M'cid » qui enjambe la rive du «Rummel». Ces cordes en acier maintiennent ce géant qui domine le fond de la rivière du Rummel, le jour du grand vent sa souplesse lui permait de se balancer comme un avion dans l'air. Alors que le pont de « Cidi-rached » est le plus grand pont du monde construit en pierre, il entoure les maisons qui sont serrées les unes contre les autres. Il domine le paysage du grand quartier Cycas connu sous le nom « Souika ». Les maisons sont illustrées avec les toits berbères à tuiles rondes de couleur rouge. Vue de loin, Cycas ressemble magnifiquement à une chéchia entourée d'un turban et certaines cheminées abritent des nids des cigognes blanches avec un beau tissage en paille.

D'ailleurs, cet immense panorama, ce grand paysage montagneux vêtu par une verdure méditerranéenne coupe le souffle, avec ces routes éloignées qui serpentent et semblent n'aller nulle part. Ce panorama on ne le cherche pas, on ne va pas à lui, on l'a constamment à sa vue, où que l'on soit ; sur les trottoirs de la ville ou de la fenêtre de sa chambre, dès qu'on lève les yeux, l'immensité pénètre de ce magnifique musée au ciel ouvert. Il se trouve quelque chose de magique dans l'âme enfermée des Constantinois. Cet énorme roché de Cirta ressemble à une table posée sur la rivière du Rummel avec une forme spectaculaire. Constantine reste une ville unique dans le monde dérobé dans l'air d'où est sans doute tiré son nom « la ville de l'air » ;

car la ville est comme une ile isolée de la terre collée presque dans les nuages surtout en saison hivernale, on se croyait dans le vide.

Je me sens libre quand je suis seul sur le sommet de la montagne de « Cidi-M'cid » ; j'atteins l'altitude de sept-cent-quatre-vingt-cinq mètres, et c'est à cet endroit où se trouve le grand monument de morts. J'apprécie ce lieu qui me permet de voir ce magnifique musée qui s'ouvre à mes yeux comme un paradis ; j'aime regarder le défilé des vautours et ce beau paysage constantinois en compagnie d'une musique offerte gratuitement par les ruisseaux d'eau de la rivière du Rummel. Sur cette hauteur éloignée de la ville, je vois même mon quartier.

C'est ici où je médite tranquillement. Alors je me laisse aller entre ce grand silence et ce long dialogue avec mon esprit durant des heures et des heures. J'interprète à ma manière tout ce qui se passe autour de moi. Mes souvenirs reviennent dans ma mémoire comme un film réel, puis je commence à voir mon en-fance et mes amis ; je me sens entièrement uni avec eux et avec cette grande nature puisque je n'existe plus en tant que seul, mais en tant que tous.

Oui… ! Je me souviens de cette simplicité, de ce minimum pour pouvoir vivre, mais ce minimum nous a garanti la tranquillité et une vie qui me parait heu-reuse. Oui… ! Je me souviens les jours d'hiver lorsque Constantine se couvre d'une épaisse couche de neige. Pour se chauffer, on met les braises dans le petit pot en argile cuit nommé «Kanoun » en Tamazirt. Le Kanoun chauffe nos corps et aussi nos cœurs. Les nuits d'hi-ver, on se regroupe autour de Kanoun, pour écouter le conte de fées et les blagues, on organise de soirées, de jeux de société ; on s'arrange pour animer la soirée.

Mon père qui ne sait pas lire, achète le journal, et ma grande sœur s'occupe de la lecture pour nous informer sur ce qui se passe dans le monde. Mes parents n'étaient pas scolarisés à cause de la guerre de l'Indépendance, mon père né dans le village de « B'ni Tlilen » situé dans la Petite Kabyle qu'a subi un terrible bombardement durant la guerre d'indépendance par l'aviation française; à cause de cet horrible évènement, l'on surnommer les habitants de cette région montagnarde le peuple brulé « Lah-rayek », car lorsqu'ils étaient sous l'enfer des bombes ils hurlaient en langue Tamazirt «larika, larika» qui veut dire « brulure, brulure ».

Le petit pot sert aussi pour faire de la cuisine la bouillie de semoule avec un peu de sucre et l'huile d'olive. Ou bien de la soupe avec les pommes de terre. Certains jours, on mange du couscous avec différents légumes. Nous avons l'habitude de partager les beaux repas avec nos voisins. On passe la soirée dans une ambiance majestueuse où l'on allait s'assoir sur des matelas bourrés de laine installée comme des trottoirs tout au long des murs. Les femmes sont côte à côte, les unes tricotent, les autres discutent. Alors que les hommes jouent aux jeux de dames, chaque enfant amène avec lui son jeu préféré, on sent que la maison vit avec une joie éclatante, grâce à l'amour et l'altruisme de ces familles qui ont créé l'affinité de voisinages et comprendre le sens de la vie en société, les riches ne peuvent jamais connaitre combien on était heureux dans cette simplicité.

Pendant la saison d'été, les portes d'entrée des maisons restaient ouvertes, remplacées par les rideaux en tissus. Les gens assis au frais, sur le seuil de leur porte. Les filles comme garçons courent et jouent dans les ruelles, du quartier ; criant leurs joies comme des oiseaux qui naviguent librement dans l'air. Les mères sont constamment ensemble comme une cruche d'abeille, elles produisaient tout ce qui peut être délicieux, alors que les pères travaillent dur et gagnaient peu, aiment nous rendre heureux. Nous vivons dans le paradis du respect, il était hors de question d'appeler un père de famille ou une mère par son prénom ; toujours avec politesse « mon oncle, ma tente », quelle que soit l'origine du voisin, on ne prête pas attention à tout ce qui peut être ethnique, ou religieux. L'épicier de notre quartier était un juif on l'appelle tonton « Lahbib » et notre médecin c'était un chrétien : le docteur « Clementi ». Tous ces différents voisins faisaient partie de nous, nous étions une grande famille. Il y avait un respect mutuel entre les adultes et les enfants, ils nous appellent mon fils et jamais avec notre prénom.

Tout le monde se connait comme une seule famille. L'amour, la tolérance et le respect d'autrui, ces valeurs nous ont permis d'être soudé. Les parents aiment toujours nous voir si heureux. Notre enfance leur rappelait leurs jeunesses, nous circulons au milieu de l'amabilité et les sourires. C'était l'une de plus belles époques de ma vie qui m'a appris le savoir-vivre. J'aime ces maisons depuis les pierres jusqu'aux meubles ; et combien trouvai-je chez ces habitants le bonheur, ou peut-être parce qu'ils étaient eux même l'élan de l'enfance, ils étaient de purs saints et pourtant ils ne connaissent aucune religion ? Leur humanisme est resté gravé dans ma mémoire.

Aujourd'hui, mon quartier a subi une transformation radicale par les islamistes. Les yeux joyeux des voisins dont j'avais connu durant toute mon enfance et qui m'ont surveillé attentivement pour me protéger de toute sorte de dangers ces gardiens du bonheur sont éteints, plus vite que les bougies de mon anniversaire. Cela m'a fait mal au cœur de les voir partir, ces âmes qui pulvérisent l'amour et la tolérance n'existent plus ; ainsi mon bonheur s'éteignait avec eux. Je me sens perdu dans un tunnel noir, nous sommes devenus comme des étranges dans notre propre pays qui est devenu étrange ! Envahie par les Arabo-Islamistes, du coup notre passé est perdu, il a fini vite, qu'on puisse l'imaginer.

Maintenant, nous ne sommes plus liés comme auparavant, on est fini avant que la mort vienne frapper légèrement sur nos portes, les belles choses sont enterrées dans notre cimetière du passé. Je n'arrive plus à supporter ce changement des visions. Donc soit, c'est moi qu'a voulu rester enfant et porté avec moi cette innocence jusqu'à ma mort où soit la société me dépasse. Il ne m'est jamais venu à l'esprit de voir chacun ce méfait de l'autre ! Pourtant, nous avons grandi tous ensemble comme dans une seule famille. Les choses ne sont plus les mêmes, on se croise dans la rue, on se touche uniquement avec notre regard ambigu, sans dialogue puisque l'un a peur de l'autre. Mais est-ce que le pire est à avenir ? Vu que personne ne fait confiance à personne. Le stress et la peur sont devenus notre quotidien, le mouvement islamique le « FIS » a été plus vite que l'idée même de sa propre zizanie, il voulait immédiatement installer un système califat !

Cette situation me préoccupe, le gouvernement nous

dirige vers l'arabisation, et les islamistes veulent nous voir différents de nos origines, ils veulent nous transformer à des djihadistes, les soldats du calife. Alors, pour faire le pacifiste, on accepte la pauvreté, on accepte une culture importée de l'Arabie, on abandonne son originalité, et tout ce qu'on aime. Puis on accepte d'être une autre personne, on accepte de vivre moins fort, on accepte d'être passionné dans notre cage. Lorsque j'ai visualisé la racine du problème, je suis devenu plus serein, plus joyeux, plus assuré. C'est grâce à la méditation progressive qui m'a ouvert les yeux que j'ai découvert mon vrai ennemi ! Soudain, un aigle passe au dessus de ma tête, il est devenu mon point d'interrogation qui navigue dans ce grand vide. Je me suis dit :

— Si seulement, je pouvais voler comme lui, je partirais maintenant à la découverte d'un autre monde et peut-être je trouverai mon bonheur. Mais je n'ai pas des ailes à mon projet pour atteindre ce rêve. Peut-être, cet aigle est venu me dire :

— Quitte ce pays ! Mais je ne peux pas partir et laisse ma mère tout seul, je suis son fils unique.

Sur cette altitude qui est devenue mon lieu d'apprentissage, j'observe avec méfiance ce nouveau changement radical de notre société. Tout en méditant sur son misérable destin, pris en main par les islamistes qui sont en train de détruire notre culture. Ces marchands de la religion s'estiment qui sont les éducateurs suprêmes de la morale. Et pourtant, nos parents nous ont bien éduqués avant l'arrivée des islamistes et nous ne manquons pas d'éducation. Chaque être humain est conscient du bien et du mal qui faisait, on n'avait pas besoin de la religion pour savoir que voler, mentir, tricher, tuer, agresser ce sont de non-valeurs. Quant à moi, je ne veux pas appliquer mille disciplines religieuses pour être bon. Le respect de l'autre et l'Amour de Dieu ça me suffit largement pour être croyant, car seul l'amour de Dieu peut remplir mon âme.

Ce changement radical de nos sociétés me dicte que chacun veut sauver son apparence islamique, mais en réalité, chacun souffre de sa propre règle. La pire des trahisons c'est lorsqu'on vous tourne le dos, sans vous donner la moindre explication ! J'ai été vraiment surpris par la réaction de mon voisin devenu islamiste, qui ne m'a pas invité pour son mariage. Pourtant on a grandi ensemble ! Et je lui ai déjà préparé son cadeau de mariage, en vendant une partie de mes livres et ma chevalière en or. Il m'a zappé parce que je ne suis pas un musulman pratiquant, et dans ma famille en vie à l'Européenne, donc je ne sors pas avec le décor de ces invités. Dans ce cas, ça ne sert à rien d'aller appliquer une religion qu'on est incapable de faire preuve d'amour, et de tolérance. Voilà pourquoi le malheur est tombé sur mon pays ; parce qu'on parle que sur la religion, on pense religion, l'on fonctionne qu'avec la religion, mais, en fin de compte, trop de religion a tué la religion ?

L'arabisation de l'Algérie :

Ce qu'il faut dire avec clarté, c'est que l'usage de la langue arabe comme langue officielle en Algérie est le résultat d'un abus, imposé par force. Notre langue autochtone le Tamazirt est un droit qui nous a été arraché par une injustice coloniale, qui nous fait tort. Ce qu'il faut dire encore, c'est que ce mépris a été employé par une élite qui œuvre pour les intérêts des Arabes et non pas pour l'intérêt des Algériens. Ce qu'il faut dire enfin, c'est que ce choix n'est pas intéressant, car l'arabe est une langue stérile au même niveau que le Tamazirt.

L'Arabisation du pays par force n'est qu'une certaine forme de romantisme qui ne concerne qu'un petit groupe d'extrémistes arabe et non pas la grande majorité des Algériens qui sont d'origines berbères. Ahmed Taleb Ibrahimi, fils de Mohamed Bachir El Ibrahimi un islamiste radicale qu'a fait ces études chez les wahhabites à Médiane en Arabie saoudite, il était proche de Saïd Koub l'icône des extrémistes djihadistes frères musulmans. Ahmed Taleb Ibrahimi fut ministre de l'Éducation sous le règne du président Boumédienne. Ahmed Taleb Ibrahimi se permet de faire ces études avec une langue française des faveurs et de la science à L'Académie nationale de médecine à paris en France. Soudainement, il est devenu un défenseur d'une langue arabe stérile, qui l'imposa par force comme langue officielle aux Algériens où la population est d'origine berbère. Ensuite, il a interdit toute manifestation culturelle en berbère, finalement c'était le premier qu'a tué l'identité algérienne qui date depuis la civilisation du Tassili 8000 ans d'histoire.

Parmi tant de causes diverses qu'ont assuré peu à peu la domination arabe en Algérie. Nous ne trouvons ni la force des armes, ni les projets politiques pour récupère notre pays. Cette invasion n'est pas militaire ; elle n'est même pas déclarée comme une guerre. Les Arabes veulent s'installe hors de l'Arabie et dirigé un grand peuple berbère au nom de l'islam. Les intellectuels algériens ne semblent à aucun moment avoir senti les avantages de cet ordre, ils ont quitté le pays vers l'occident. Rien dans cette politique arabe n'a été utile, aucune modernisation n'a été fleurie, aucune technologie n'a été importée de l'Arabie, le pays en train de vivre la descente aux enfers.

Ce n'est pas d'aujourd'hui que je me suis aperçu que l'Algérie est une colonie arabe, dès mon plus jeune âge, à l'école, j'ai reçu de fausses informations sur notre histoire et identité, du coup j'ai refusé de me construire sur des principes douteuses et incertaines ; j'ai bien jugé qu'il me fallait entreprendre seule mon édiction, et me défaire de tout le système scolaire que j'avais reçu auparavant, et commencé tout de nouveau le fondement de ma personnalité.

Dans un calme solitaire, je me suis appliqué fermement et avec liberté à déballer toutes mes anciennes opinions, autant que la raison me détermine, je ne dois pas croire aux choses qui ne sont pas incertaines, je suis prudent à ceux qui nous ont tromper, et nous ont raconté des mensonges, lorsque nous étions enfants, ils veulent nous faire croire que nous sommes des Arabes, mais comment je peux nier mes ancêtres et mes origines ? Sauf si je suis insensé. Il me reste beaucoup d'autres mensonges à examiner pour pouvoir connaitre la vérité, pour me libérer de tous les mensonges que j'ai appris auparavant dans l'école du colonialisme arabe, et voir quelles sont celles qui sont irrationnelles, et celles qui sont honteuses.

Après un long entretien avec mon esprit, je commence à voir clair le chemin le plus sûr, le résultat de cette méditation m'a valorisé. J'ai récupéré mes énergies, une force magique m'a habité, elle m'a donné l'envie de me battre pour la vérité. Il me vient encore dans mon esprit le conseil de mon grand-père qui me disait :

— Poursuis le menteur jusqu'à la porte de sa maison. J'ai prié pour que cette force de la méditation durât, je me sentais subitement utile, important. Lorsque je quittai la roche de « Cidi M'Cide » qui est devenu mon école mystique. Je marchais vite, pour rentrer chez moi, et aller annoncer à ma mère que je suis née de nouveau. Je regardais les gens, la rue, le monde d'une autre optique. J'avais quelqu'un à qui penser, à qui me dévouer. Rentré chez moi, près de ma mère, je dus bousculer les gens deux ou trois fois au cours de mon chemin. À peine, rentre à la maison sans le vouloir, sans y penser par le fait de fierté, une attitude m'a conduit comme un monstre pour brise la glace en annonçant à ma mère :

— Je ne suivrais plus mes études.

Malgré la colère terrible qu'elle faisait quand je ne fais pas mes devoirs, elle a parfaitement maitrisé son mécontentement. Aucune parole, aucun regret, aucun reproche ne venait d'elle pour abimer ma décision. Je me voyais avec un cœur ivre de joie. J'avais l'air content de sa démarche, parue ravie de ma décision.

— Qu'as-tu fait de ta journée ? Disait ma mère enfin.

D'ailleurs, j'ai l'habitude de faire rire ma mère, pour lui faire oublier ces soucis.

— Alors, crois-tu donc avoir des droits sur moi ?

J'ai bu de l'alcool, je fais une bagarre, je me suis fait ramasser par la police. Et tu vas surement recevoir une convocation du procureur.

— Mon Dieu, qu'elle est belle ton histoire ! Dit ma mère.

Le soir, ma mère passe des heures entières à nous parler sur ces frères tombés dans le champ d'honneur durant la guerre de la libération de l'Algérie. Elle est fière de ces frères et de sa génération qui ont offert l'indépendance à notre pays. Ma mère a connu dans son enfance la guerre, l'injustice coloniale, le régime «de l'indigénat» l'empêchait de se scolariser. Elle était séparée de sa mère Laurence algérienne d'origine française dès son plus jeune âge à cause de la guerre, elle a connu le manque maternel. Son vécu a endurci son caractère, c'est une femme qui s'est toujours révoltée contre l'injustice et elle se bat toujours pour nous rendre heureux.

Lorsque je me sens faible, abattu par les difficultés de la vie ma mère me redonne toujours la force de croire au bonheur, elle fait renaitre en moi ma nature combattive. J'ai peur de la perdre, elle est l'unique personne qui m'aime constamment ; et c'est grâce à elle que j'ai appris le sens de la vie, elle a fait de moi un homme qui aime la justice et le respect de l'autre. Et pourtant elle était une simple musulmane non pratiquante, ce sont les valeurs transmises de génération en génération qui éduquent la personne et non pas les marchands de la religion.

Après le diner du soir, la discussion reprit avec une énergie croissante. Ma mère nous raconte une incroyable histoire de son frère qui était un commandant dans l'armée de libération nationale « ALN ». Il avait pour mission la destruction d'un barbelé électrifie minée et surveillée en permanence ; installer par « Jean-Charles et Jauffret Maurice » au long de la frontière tunisienne en double ligne parallèle l'une s'appelle Charles et l'autre s'appelle Maurice. C'était l'endroit stratégique pour faire rentrer l'armement qui venait de la Yougoslavie et la Russie pour « l'ALN ». Ma mère nous disait :

— Mon frère et son bataillon avaient pour mission d'empêcher ce projet d'atteindre ses objectifs. Ils se faufilaient à travers les barbelés, ils coupaient le maximum possible avec de lourdes pinces spécialisées pour accomplir cette mission tout en évitant le champ de mines et faire des trous pour avoir juste le minimum de place pour se glisser, ils s'avançaient vers les barbelés en faisant attention à la moindre erreur, mon frère calcula le passage des lumières de projecteurs à une seconde près il fait signe à son bataillon pour qui rentre par le fossé au sous-sol de l'autre côté des barbelés, juste au moment où le balai lumineux revenait l'opération s'arrête, puis elle repend une fois qui n'y a plus de lumière. Ensuite, les soldats se mettaient à courir à toute vitesse vers la frontière tunisienne, ils empruntaient les raccourcis discrets en prévision d'un semblable village construit par « l'ANL » pour tromper l'œil, puis ils se trouvaient dans l'endroit de livraison des armes pour « l'ANL ».

Les soldats font rentrer l'armement par la grande forêt « d'El Tarf » mon frère était un instructeur et il a formé beaucoup de soldats. Les soldats qui ont participé à ces opérations s'appelaient « Bougous » au nom de la forêt « Bougous » où se déroulaient les opérations contre « Charle et Maurice » ; mon frère a accompli cette mission avec sucée, disait ma mère.

— Ah ! j'ai compris d'où venait le mot « Beau Gosse »

— Mais non mon fils. C'est une autre dimension, le mot « Bogos », selon notre culture, signifie le soldat qu'a affronté la mort face aux barbelés électrifiés et les mines pour une cause noble, la libération du pays.

— Pourquoi donc ne nous apprennent-ils pas ça à l'école ?

— Parce que le régime du président Boumediene est pire que l'ancien régime colonial. Il a arabisé l'école pour que vous vous intéressiez uniquement à l'histoire de l'Arabie, et vous serez les soldats du calife.

— Donc il nous a métamorphosés !

— C'est exactement ça ! Boumedien, le roi de formules rhétoriques, un détonateur de la démolition de l'Algérie sans projet était : la désertification, agricole, industrielle du pays et la montée du chômage et la pauvreté. Tout ce qui sait faire s'investir sur le nationalisme arabe et la Palestine, en appauvrissant son peuple, disait ma mère avec un triste désespoir.

Ma mère nous raconte encore sur l'héroïsme de mon oncle que je n'ai jamais vu, car je suis né après la guerre d'Algérie.

— Pendant l'indépendance et comme beaucoup d'Algériens, mon frère était contre l'Arabisation de l'Algérie imposée par le régime du président Boumadien qui a fait ces études chez les frères musulmans dans l'université « d'El-Azhar » au Caire en Égypte. On voit bien à la mort de mon frère, il manquait de clarté, l'explosion de sa voiture n'a laissé aucune trace ! Mais la mission que Dieu lui avait confiée était vers sa fin par le régime arabo-islamique de président égyptien Nasser et Boumedien, ils ont balayé toute opposition en Algérie pour installer le totalitarisme arabe.

Le président égyptien Nasser se voyait déjà le Calife arabe, et notre président Boumedein lui a donné trop de soutien, au point où il est devenu plus arabe que les Arabes. Ma grande sœur née en pleine guerre d'Algérie scolarisait dans l'école des sœurs catholiques disait :
— Certes, il a tout arabisé pour les beaux yeux des Arabes, mais il est incapable d'arabiser la médecine ! Nos ordonnances médicales sont inscrites en langue française, ainsi que nos mécaniciens commandent les pièces d'automobile en langue française.
Puis c'était à mon tour d'intervenir :
— Je crois que vous m'avez compris maintenant ! Pourquoi m'est-il impossible de retourner au Lycée ? C'est là même histoire, qui se répéte depuis que j'ai été à l'école primaire. Lorsque notre professeur de la langue arabe d'origine égyptienne nous faisait chanter chaque matin l'hymne national égyptien « Biladi » puis un jour il nous a demandé de dessiner une carte géographique de la péninsule d'Arabie, donc à la place j'ai dessiné la carte géographique de la France. Et comme cette politique interdit toute opposition contre l'arabisation du pays. Aussitôt, le directeur de l'école a convoqué mon père, ensuite il m'a exclu sous prétexte que j'avais les cheveux longs comme les hippies, et je ne donne pas la bonne image d'un arabe dans l'établissement scolaire. Puis quand je suis retourné à l'école, le directeur m'a convoqué, il voulait une explication sur mon acte jugé antipatriotisme. Je lui répondu :

— Je ne trouvais pas ça logique de chanter un hymne qui n'était pas le mien. Et je ne voyais pas la différence entre dessiner la carte de l'Arabie ou celle de la France et pourtant tous deux ont colonisé mon pays. Pourquoi voulez-vous me faire aimer un colon, plus qu'un autre ? Le directeur m'a mis un Bonnet d'âne, et il m'a fait tourner dans toutes les classes. Après ce mépris, je ne voulais plus retourner à l'école. Ma mère et mes sœurs m'ont amené par force et je n'oublierai jamais cette histoire restée gravée dans ma mémoire, elle a réveillé mes consciences, et c'était à partir de cet évènement, que j'ai compris que je vivais sous l'autorité du colonialisme arabe.

Je me suis réveillé politiquement à l'âge de neuf ans, je commençai à me rebeller contre ce système, qu'a volé mon identité. Le système politique a interdit toute inscription d'un prénom Tamazirt sur l'acte de naissance algérien. Mon père a voulu me nommer « Asafu » qui signifier flambeau en Tamazirt, mais l'administration n'accepte que les prénoms arabes. Et pourtant les prénoms arabes ce sont des prénoms polythéistes ! Car avant l'arrivée de l'Islam les Arabes nomment leurs enfants selon leur culture d'idolâtrie. Les prénoms arabes comme celui de « Omar, Khalid, Soufiane » et j'en passe, ils n'ont aucun rapport avec les religions monothéistes, et il n'existe aucun compagnon du prophète qu'a changé son prénom ! Voilà un argument qui prouve que les Arabes sont les pires colonisateurs de l'Algérie ! Mon frère était né sous l'occupation française, mon père lui a nommé « Gurmi » un prénom Tamazirt cependant, l'administration française ne lui a pas imposé le prénom « François » ! Ma sœur me disait :

— Le régime Boumedien a construit la grande Mosquée « d'El Émir Abdel Kader » dans notre ville au lieu de construire un hôpital ! je lui expliquer :

— Parce que dans une mosquée, on idolâtre la culture arabe, en faisant la prière uniquement en arabe c'est comme si Dieu ne comprend que l'arabe ! Et aussi parce que Constantine est la capitale de la Numidie, donc arabiser Constantine cela veut dire arabisé toute l'Algérie et c'est ça ce qui veulent les colons arabes. S'ils construisent un hôpital, ils seront obligés d'utiliser la langue de la médecine et du savoir qui est le français.

Ce système politique a recruté pour nos écoles et lycées un régiment des frères musulmans pour nous arabiser. Voilà pourquoi je ne veux plus retourner au lycée ; nos professeurs ce sont des Syriens, Égyptiens et Palestiniens, qui n'avaient aucun diplôme et niveau d'enseignement. Ils étaient des vendeurs de tissus, des éleveurs de chèvres, pour vu qui parlaient l'arabe, je ne comprenais ni leurs patois ni leurs accents. Puis, je ne peux pas avancer avec une langue stérile. En plus, on ne possède aucune bibliographie ni en biologie ni en physique pour faire nos devoirs en arabe, mais trouvent-ils ça logique ? En allant chercher dans les manuels scolaires français, qui sont soi-disant écrits avec une langue étrangère, pour comprendre nos leçons avec une langue étrangère qui est l'arabe ? À ce prix-là, on devait développer notre langue stérile qui est le Tamazirt et non pas la langue des autres ! Ça me fatigue cette histoire, ça me rend fou.

Aujourd'hui, notre identité est perdue, nous devons la regagner de nouveau, elle fait l'objet de vérités de notre existence. Tout ce qui est plus original, rendra le sourire au vrai visage de l'Algérie doit s'installer sur place. L'islam est considéré comme intouchable, mais de l'autre côté on a oublié notre patrimoine chrétien, pourtant l'Algérie a servi le christianisme au plus haut de l'échelle ; par Saint-Augustin, Saint-Maximilien de Theveste, Saint-Cypreien et d'autres. Malheureusement, à l'école on ne connait pas ces noms algériens, on ne connait pas le nom de la première université dans l'histoire construite dans la ville de Souk Arras « Madauros ». On ne connait pas non plus le nom du premier roman dans l'histoire écrit par un Algérien « Apulée » connu sous le titre de « L'Âne d'or » ; on ignore que le Tassili est le plus ancien monument sur terre, et sans compter le patrimoine gréco-romain comme la plus grande ville antique dans le monde « Cuicul » arabisé « Djmila ».

Ils nous ont appris dans nos écoles uniquement sur les Arabes et l'Islam pour nous déshumaniser, et effacer notre immense civilisation de nos mémoires. Ce système veut nous faire croire que l'Algérie est un pays indépendant, et pourtant c'est tout au contraire, l'Algérie est un pays qui dépend des Arabes l'un de pire colonisateur de l'Algérie qui date depuis quatorze siècles ! Les milliers de monuments historiques présents sur le sol algérien témoignent que nous appartenons à une ancienne civilisation numide et gréco-romaine. Et comme par hasard on ne voit aucun monument arabe en Algérie, comparé à l'université de Zitouna en Tunisie et Kirawan au Maroc bâti par les califes. Malgré tous ces mensonges et manipulations flagrants, le gouvernement algérien continue à soutenir que l'Algérie est un pays arabe !

La montée de l'islamisation:

Je me suis réveillé un peu mou et paresseux, après le café du matin. Ma mère examina toujours mon état de moral qu'elle trouvait bien au-dessous de ce qu'elle a imaginé.

— Veux-tu arrêter tes études ? Pour partir à l'étrange à l'inconnu. Me disait-elle ? Lorsque ma mère parle, j'écoute ces cours d'éducation avec un grand respect, je lui souris, pour la rassurer, car je ne pouvais l'attrister, ensuite, elle poursuivit gentiment sa leçon.

— J'ai grandi dans une époque difficile ; notre volonté n'était pas effondrée sur les pièges d'ici-bas ; on était plus fort que les épreuves de la vie. Malgré tout ce que nous avons subi pendant la guerre d'Algérie on n'a jamais pensé de quitter notre pays, pour aller demande un asile politique chez les autres, pourtant à notre époque nous n'avons pas besoin d'un Visa. Ne te fâche pas mon petit, dit-elle : je suis obligée de te remettre sur le droit chemin. Puis, elle m'a fixé les yeux on me disant :

— Écoute, nous avons libéré ce bateau pour vous, et maintenant toi et ta génération vous devrez le faire ramer, n'y va pas dans un bateau qui ne t'appartient pas. Ma mère quand elle décide de me fouetter avec les mots, je ne pouvais plus répliquer ; car ces arguments sont plus forts et plus corrects que les miens, cependant elle m'a cassé la maquette et le plan que j'avais construits pour quitter l'Algérie. J'ai rassuré ma mère.

— Ne t'en fait pas, de ta majestueuse éducation, je ne fonctionne pas comme ça. Je suis prudent, je ne te mettrai jamais dans l'embarras. Mais la vérité se montre à mes yeux clairement que le pays est en échec, et ce problème me dépasse, et je n'y suis pour rien.

Je trouve auprès de ma mère des moments de tendresse, elle fait beaucoup des soucis pour moi et elle a peur de me perdre dans cette guerre civile ; elle sait parfaitement que les islamistes me détestent vu que mes sœurs ne portent pas le voile. Ils savent aussi que ma grand-mère maternelle Laurence est une Algérienne d'origine française, et beaucoup de membres de ma famille ont des origines mixtes franco-algériennes, mes deux sœurs sont mariées avec des Français, ainsi que ma tente et mon oncle. J'ai l'habitude après chaque leçon de morale, j'offre un petit cadeau à ma mère pour récompenser son éducation, donc avec l'argent que ma sœur m'a donné, j'ai décidé de lui acheter une petite bouteille de parfum   « Plum Plum ».

Je suis dans le quartier de « Saint-Jean » près de chez nous, un endroit calme et vivant avec ces commerces, j'ai rentré dans le magasin « La rose de Paris » qui vend les parfums. J'ai trouvé un bon paquet d'amis qui sont tombés du ciel. Ils m'ont demandé des nouvelles de ma mère et mes sœurs. Ils m'ont proposé d'aller faire une partie de « Babyfoot » dans le Café de la police à côté du centre culturel français. Sur notre route, on raconte nos souvenirs d'enfance.

J'ai des amis agréables, quand on se rencontre dans un café ou chez un ami, nous traitons de divers sujets sur le sport, la religion, l'histoire, les arts. Mes amis d'enfance sont les meilleurs, car nous nous sommes rencontrés à l'âge de l'innocence notre amitié était tissée avec la spontanéité et non pas avec les intérêts, ils ont commencé à jouer au « Babyfoot » pendant que moi et mon ami Farid, nous sommes en train de discuter sur le sujet d'actualité qui a touché notre pays. Je disais à mon ami:

— Ce monde est devenu cruel.

— Est-ce que cette vision vient de toi,ou ils vous l'ont appris que ce monde est devenu cruel ? disait mon ami Farid.

— Ce sont les évènements de la vie qui m'ont dicté cette réalité.Farid répond.

— Pour moi ce monde je le saurai quand je l'aurai essayé.

— Écoute Farid ! tu juges avec la théorie et non pas avec la raison, si l'action exclut la parole donc l'être qui s'exprime s'impose, de façon que l'être qui s'exprime ose, alors pourquoi n'essayes-tu pas de vivre avec le monde qui nous entoure, sachant que nos politiciens nous ont renfermés dans le nationalisme arabe ? Puis mon ami Lamnie affirme mes propos.

— Si la montagne ne vient pas vers toi, tu seras obligé d'aller vers elle ! Farid répond avec un air foudroyant.

— Comment peux-tu savoir que ce monde est cruel ? J'ai essayé de le convaincre qui s'occupe de lui au lieu qui s'occupe du monde et toi tu veux le tromper. J'ai calmé Farid en lui disant :

— C'est à partir de mon angoisse qui me sert comme une boussole d'un marin, je détecte l'agitation de ce monde. Le risque est plus grand lorsque tu ne mesures pas les vagues, tu couleras certes.

— Une panique à bord est un signe de noyade assurée, le peuple n'arrête pas de manifester contre ce système politique. Ne sens-tu pas que le pays est en train de basculer ? Seul l'esprit cartésien peut détecter les contrecourants. Disait Lamine.

— Écoute, mon cher ami ; tu ne dois pas faire partie du décor, tu dois créer ton propre décor. Mon ami Farid a commencé à développer son argumentation.

— Je veux balayer cette angoisse de mes pensées. Laissez-moi vivre, tu es devenu un philosophe et tu n'as rien gagné dans ta vie. Puis il est sorti en colère du café. Je sais pourquoi il me contredit, il connait parfaitement mes positions, je suis un peu têtu, il a senti que je ne suis pas dans mes jours, alors il a tenté d'effacer mes angoisses en allant contredire mes visions pour me faire sortir de ma bulle. Farid s'est mis en colère, car il s'inquiéta de mon état psychologique par peur que je devienne fou. Suis-je bête, je n'aurais pas dû parler sur ce sujet sensible, pourtant on est venu s'amuser dans ce café, j'avoue que c'était de ma faute, je n'ai pas libéré mon esprit ce matin. Moi et Lamine on est sorti du café pour aller le cherché. Puis on a remis l'ambiance, et l'on a fait des équipes en binôme pour organiser un championnat de Babyfoot et l'on a passé une belle soirée entre amis.

Tous mes amis sont rentrés chez eux. Alors, moi et mes deux amis Farid et Lamine, on a décidé d'aller au cinéma nommé « Cirta » pour voir le nouveau film de « Rocky 3 l'œil-de-tigre », mais en fait, c'était impossible de traverser la Rue « Abane Ramdane » remplie par les foules de manifestants islamistes en uniforme « Barbe et Robe blanche » ils hurlent à fond « Alah Akbar, Alah Akbar, on vit, et l'on meurt pour ce mot » puis en face se trouvaient les forces de l'ordre, les militaires avec les armées de guerres. On n'a pas voulu prendre le risque, du coup on a décidé de rentrer chez nous. Et vu qu'on habite dans le même quartier, on a pris le même chemin. En rentrant chez moi, ma sœur m'annonce que les forces de l'ordre ont arrêté beaucoup d'islamistes dans notre quartier.

Sur la route, j'ai vu les gens vide d'esprit, on dirait des tombes qui marchent dans les rues, cela m'a beaucoup attristé de voir mon pays sinistré. Cette Algérie a vécu un destin sans cesse des invasions et des guerres depuis les guerres de Jugurtha jusqu'à la guerre de libération, aujourd'hui en lui rajoute encore une guerre de religion.

L'ancien système colonial est partout protégé et admiré en Algérie, il continue sa domination, en profitant sur le sommeille de la mémoire algérienne qui ne s'intéresser plus à la question de l'invasion arabe de l'Algérie. C'est la raison duquel, l'histoire se répète. L'envahisseur arabe Oqba Ibn Nafi qu'a assassiné le peuple algérien, après sa trahison au traité de paix avec le général berbère Aksel, il était honoré par le gouvernement de Boumedien qui a nommé une ville entière à l'honneur d'un colon Omeyyade sanguinaire, la ville de Cidi-Oqba.

Le président Boumedien utilise la révolution algérienne pour se faire entendre dans le monde, il condamne au nom des principes de la liberté le colonialisme, mais en revanche il nomme une ville au nom d'un envahisseur sanguinaire qui a tué les Algériens Cidi-Oqba ! Cet état de choses n'est pas compatible avec la souveraineté algérienne, il doit nécessairement disparaitre. Le gouvernement algérien commait une injustice, dans les livres scolaires, le nom de l'enfant du pays Aksel qu'a défendu l'Algérie contre l'envahisseur arabe Okba Ibn Nafi est inexistant ! Ce matraquage à l'histoire algérienne est un plan pour une seconde invasion arabe à l'Algérie. Cent exemples sont bons pour donner l'image de cette invasion arabe souvent renouvelée au nom de la religion islamique.

D'où sont venues ces aptitudes à l'islamisme ? Nos responsables politiques ont attaché l'Algérie avec des pays où la religion domine tous les secteurs publics et civils ; puis le schéma de stratégies mises en œuvre par les acteurs du nationalisme arabe a ouvert la porte à l'islam le plus radical ; l'école et la mosquée ont joué et jouent encore dans la mise en œuvre des projets islamiques, produisant des discours coloniaux, imposant l'arabisation et l'islamisation comme l'unique modèle du peuple algérien. Le colonialisme arabe en Algérie protégé et financé par le gouvernement algérien, et tout opposant risqua sa vie. Le mouvement islamique est l'œuvre d'un groupe Arabisé qui domine le pouvoir et se montre comme référent identitaire de l'Algérie.

Selon l'ordre mondial islamique, le monde est divisé en deux catégories : Dar Al-Harb, ce qui veut dire en claire les pays non musulmans où l'Islam doit mener une guerre militaire, ou une guerre terroriste pour les envahir, et Dar Al-Islam ce sont les pays soumis aux Arabes comme l'Algérie. Le maitre-mot de l'invasion arabe c'est le mot « Ouma » qui signifier la matrice de l'islam, elle ne reconnait ni frontière ni nationalité ni culture. L'organisation islamiste en Algérie rejette l'idée de la nation algérienne, elle croit uniquement à la « Ouma » selon leurs protocoles de la mondialisation islamique la nationalité algérienne ne sera plus valable.

Cette organisation haineuse juge les Algériens qui sont contre son projet par les ennemis de Dieu «Zindik», elle est près de tuer tous les Algériens au nom de la religion, pour rendre l'Algérie Dar Al-Islam. Ensuite, l'Algérie est devenue la terre promise des djihadistes wahhabites les plus dangereux sur la planète, qui ont mené une guerre contre le peuple algérien pour installer le nouvel ordre islamique et rendre l'Algérie Dar Al-Islam.

Dans notre grande chambre qui nous sert un salon, ma sœur se trouvait isolée, assise sur le canapé, en train de pleurer. Je me suis mis à côté d'elle pour la réconforter.

— Qu'est-ce qui t'arrive ?

— Rien… ! Elle me disait ma sœur Lora.

— On ne pleure pas pour rien ! Je sais que ma sœur ne voulait pas me dire la vérité, elle avait peur que j'aille me battre contre les islamistes qui l'ont agressé verbalement à cause du voile, lorsqu'elle a pris son chemin habituel pour rentrer à la maison. Donc je lui ai posé la question autrement pour la faire parler.

— Est-ce que tu t'inquiètes de la situation du pays ?

— Non pas du tout. Les islamistes sont devenus comme des gendarmes, ils nous surveillent, et quand je passe à côté d'eux ils m'ont lancé des mots :

— Espèce d'une dévoilée « Moutabarija en Arabe ». J'ai pris ma sœur en main et je lui dis écoute :

— Aucun tissu magique ne pourra garantir la valeur d'une femme. La femme et l'homme partagent les mêmes valeurs. Dieu a interdit le vol pour la femme et pour l'homme, puis le mal et le bien sont des épreuves qui concernent l'homme et la femme. Le voile islamique ne peut jamais offrir une protection à la femme ni contre les agressions sexuelles ni contre le viol, c'est la loi qui protège la femme. Tu as le droit de faire des erreurs puisque personne n'est parfait. Ton honneur, ça ne concerne que toi. Si tu voles et tu passes devant le juge seul ton honneur est mis en examen, et non pas celui de ton père ni de ton frère, c'est ton casier judiciaire qui sera touché et c'est la même chose pour moi et pour tout le monde. Personne ne porte l'honneur de personne. C'est exactement comme au jour de jugement chacun est responsable de ces actes.

— Choisir veut dire sélectionner, quant à moi j'ai déjà choisi mon chemin. Je fonctionne comme la génération de mes parents, où la femme algérienne était libre, elle s'habille en Européenne ou soit en vêtements traditionnels Algériens comme El-Ayek, ou avec les robes de la femme kabyle, ou comme la femme des Aurès, les robes de la femme oranaise, ainsi que celle de la femme touarègue. Notre pays est riche en culture, nous n'avons pas besoin du voile égyptien ou saoudien pour devenir parfait. Disait ma sœur.

— Tu as tout à fait raison, ma sœur. Le voile islamique est une culture égyptienne des frères musulmans et le Niqab est une culture wahhabite, ces fous de la religion veulent détruire notre culture.

— Ils nous ont inventé un Dieu, couturier qui s'intéresse uniquement aux vêtements de femmes ! disait ma sœur Lora.

— Dieu c'est un amour et la religion c'est une investigation privée. Si Dieu nous juge sur nos vêtements. Donc les pauvres qui n'ont pas les moyens pour payer un tissu pour se couvrir partent à l'enfer ! Mais en quoi consiste cette logique bédouine ? disait ma sœur.

— Ils veulent appliquer le totalitarisme de tribus bédouins arabes ici chez nous en Algérie. Et si l'on n'applique pas leurs règles à la ligne, on est jugé et condamné par l'enfer. Ils jouent beaucoup avec le paradis et l'enfer pour attire les foules. Je disais à ma sœur.

— Le mouvement islamiste aime qu'on lui dise des choses qui lui plaisent et se laisse volontiers tromper par des compliments, il a fini par croire qu'il était déjà un calife et un modèle à suivre, il passe son temps à donner des leçons à tout le monde, il imagine que la planète entière admire ses discours.

— Il refuse de tendre l'oreille en écoutant ce qu'on lui dit, alors celui qui n'accepte pas la critique n'acceptera jamais l'évolution, l'orgueil de la religion et plus dangereux que le Satan lui-même. J'ai expliqué à ma sœur la situation actuelle.

— On n'a vraiment pas de chance, les hommes les plus égarés sur la planète viennent s'installer chez nous, ils ont menti aux gens. Parce que personne ne les croyait plus, ils se sont passés à la vitesse supérieure des mensonges, jusqu'au point où ils ont cru à leur propre mensonge et en fin de compte, ils se font tromper par leur propre mensonge. Donc ils ont voulu tromper les autres, alors ils se sont fait tromper par eux même. Voilà pourquoi ils ne trouvent aucun sens à leurs vies, mis à part le terrorisme et le sous-développement. Puis, ma sœur me disait.

— C'est la lutte entre la liberté qui veut que ses soldats soient des héros et l'islamisme qui veut que ses soldats soient les fous du calife. Et donc si l'ignorance et l'arrogance s'unissent dans une société bonjour les Degas.

Mon oncle maternel qui habite en petite Kabylie à

« Mechtate Melle » est venu nous rendre visités, après sa petite sieste, se réveilla et s'installa à côté de nous pour écouter notre discussion. Ma mère est en train de préparer le couscous royal pour le diner du soir, mais elle a l'oriel tendu sur notre débat. Ma mère nous disait.

— Nos parents avec le peu de savoir religieux qui avaient, ils nous ont bien éduqués, l'amour qui nous ont donné elle nous a tenu la main pour ne pas basculer dans le vide. Lorsqu'on a une bonne éducation, l'on finit notre vie avec un casier judiciaire vierge. Je suis né et grandi dans le quartier juif de Constantine « Charra » et nous n'avions aucun problème de la religion ni chez les juifs, ni chez les chrétiens ni chez les musulmans, mais d'où vient-elle, cette nouvelle religion ? Mon oncle explique à ma mère.

— C'est une nouvelle invasion au nom de la religion. Toute cette Algérie a vécu des invasions et des guerres. Mais notre département de Constantine a connu un record. Cirta , est l'une de plus vieilles villes au monde capital de la Numidie est la case la plus importante de l'échiquier méditerranéen, fondé par les Numidie et non pas par les Arabes ! envahis par les Carthaginois, puis par le Romain elle fut détruite à catastrophe par l'armée de l'empereur romain Maxence, puis elle était sauvé à nouveau par le Byzantin Constantin le grand qu'a reconstruit la ville en lui donnant son nom Constantine, envahi par les vandales, puis par les Omeyyades, puis les Turques, puis la France et nous voici encore avec une nouvelle invasion arabe on ne peut pas vivre tranquillement ! je disais à mon oncle.

— Comment ces repris de justice qui n'arrivent pas à se conduire correctement au sein de notre société, se sont-ils convertis à l'islam et veulent conduire toute une nation ?

— Si tu ne fais pas la religion, c'est la religion qu'elle te fera, leur modèle le Calife « Omar » était un criminel, il a enterré sa fille vivante. Soudainement, il s'est transformé à un professeur de la morale qui ne tôler aucune erreur des autres et pourtant il a été le plus grand ivrogne dans sa tribu de « Quraïch ». Disait mon oncle. Puis ma mère a confirmé le concept de son frère.

— Ils sont près de la mosquée, mais loin de Dieu. On vit sa religion conformément à sa volonté et non pas à la volonté des autres.

Et comme la tradition exige, ma mère a envoyé ma sœur pour aller inviter la voisine pour venir manger avec nous un repas royal à l'honneur de mon oncle qui nous a rendu visite et nous avons passé une agréable soirée.

La guerre civile en Algérie :

La science est parfois impuissante pour résoudre les questions métaphysiques en dehors des choses accomplies, car la métaphysique est précisément la science qui croit pouvoir résoudre les problèmes du monde invisible qui concernent la religion. Un scientifique est appelé un chercheur ou un inventeur, il argumente avec du concret. En Islam, un spécialiste de la métaphysique est nommé un savant et pourtant il argumente avec de l'abstrait. Les savants musulmans du moyen âge ce ne sont pas des Arabes, ils étaient la crème des anciennes civilisations occupées par les conquêtes arabes, il n'existe aucun savant originaire de l'Arabie, même le fondateur de la langue arabe était un Perse, son nom Sîbawayh. L'Arabie n'a jamais été un lieu de civilisation.

Sous le commandement de quatre premiers califes de l'islam , ne se produisait-il aucun mouvement intellectuel ? Les califes arabes étaient intéressés par les conquêtes, les butins pour bâtir un pouvoir familial, un système califat de père en fils. Sous le règne des califes rachidiens et omeyyades, qui ont gardé leur culture bédouine, leur magistrature religieuse ; condamne toute sorte de pensée étrangère à l'islam, et ceux qui cultivent leurs idées en dehors de l'islam, ils étaient appelés zendiks (mécréants). L'islamisme des califes rachidiens et omeyyades a persécuté la libre pensée, ce système bédouin a fait des pays qui a conquis un champ fermé à la culture rationnelle de l'esprit.

Puis le souffle de l'indépendance philosophique reprend le dessus, tout a été changé, vers l'an 750, la Perse se réveilla de nouveau, s'allia avec les enfants d'Abbas et fit gagner la dynastie abbasside, effaçant celle des Omeyyades. Le centre de l'islam se fait transporter de Damas à Bagdad. La perse, était plein encore des traces d'une des plus brillantes civilisations que le monde ait connues.

Les Syriens y portent l'écriture à la langue arabe ; les hindous portent les chiffres d'où vient le mot Hindassa en arabe «Architecture», il faut attendre que le grammairien perse Sîbawayh en 760 pour créer la langue arabe académique, puis les Grecs et les Perses ont dirigé la civilisation musulmane.

Cette civilisation n'est pas arabe. Est-elle du moins musulmane ? Bagdad s'éleva comme la capitale de cette Perse renaissante. La langue du dominant protégée par les califes est devenue la langue officielle de cette civilisation.

Les brillants califes abbassides, Mansour, Haroun Al-Raschid, Mamoun, ont sauvé le patrimoine culturel Greco-perse, ainsi que l'apparition d'une renaissance intellectuelle mutazilite. Pour bâtir leurs croyances, ils dépendaient de l'esprit et l'ont favorisé sur la transmission des textes écrits, jugeant que la transmission de la croyance par le texte est irrationnelle, car la pensée dépasse le texte, ils ont rejeté tout dogmatisme religieux que l'esprit n'approuve pas, selon leur doctrine, la recherche scientifique et la philosophie y ont une place dominante dans le verdict, car Dieu doit être connu par l'esprit et non pas par le texte. Si le texte entre en conflit avec l'esprit, il faut suivre l'esprit parce qu'il est l'origine du texte.

La théologie mutazilite se développe sur la logique et le rationalisme, inspirés de la philosophie grecque, proche du soufisme sur plusieurs points.

Le calife Mamoun fait du mutazilisme la doctrine officielle de la dynastie abbasside en 827. La bibliothèque personnelle du calife Haroun Al-Rachid de Bagdad s'ouvrait aux savants en 832. Sous le règne de Mamoun a été baptisée la maison de sagesse.

Les médecins syriens juifs et chrétiens, héritiers des dernières écoles grecques, étaient fort appuyés dans la dynastie abbasside, dans les mathématiques, la médecine, l'astronomie. Les califes les emploient pour traduire en arabe l'encyclopédie d'Aristote, Euclide, Galien, Ptolémée, et tout l'ensemble de la science grecque. Des esprits perses très brillants, tels qu'Al Kindi, Astronomes, mathématiciens, philosophe, et parmi eux, le père de l'Algèbre et l'algorithme Al-Khwarizmi grâce à sa théorie algorithmique aujourd'hui le monde utilise l'informatique, Avicenne le père de la médecine, Ibn Al Haytham, Alfarabi et beaucoup d'autres noms perses, ils se placent au rang des savants les plus complets qui aient existé à Bagdad.

L'Espagne musulmane se mettait à la recherche scientifique pour faire concurrence à Bagdad. Cordoue la ville des génies et des rêves a été la capital des musulmans en Andalousie. L'université la plus impotente au monde entier comptait des milliers d'étudiants, un calife de haute culture créa une trentaine d'écoles ou l'enseignement a été offert gratuitement. Les juifs, les chrétiens et les musulmans espagnols ont bâti l'une de plus brillante civilisation en Europe. Ibn-Badja, Ibn-Tofaïl, Averroès élèvent la pensée philosophique, au douzième siècle, à des hauteurs jamais vues depuis la Grèce antique. Les Berbères Ibn Batouta, Abas Ibn Farnis, Ibn Khaldoune et d'autre, ont été le phare de cette civilisation médiévale.

Ce grand ensemble philosophique, que l'on a coutume d'appeler Arabe, parce qu'il est écrit en arabe, mais qui est en réalité un travail des Perses, Grecs, Hindous, Phénicien et Berbère la preuve il n'existe aucun savant originaire d'Arabie, la science qui nous arrivait au douzième siècle en passant par Bagdad, par Cordoue, par Tolède, elle n'est pas venue par l'Arabie.

La maison de sagesse a vu sa fin après l'arrivée au pouvoir du calife Al-Mutawakkil en 847. La magistrature religieuse s'était vengée contre la philosophie et elle a gagné cette bataille, avec le soutien du calife Al Mutawakkil. Une fois le mutazilisme débarrassé, par Al Mutawakkil, et l'interdiction définitive de la philosophie, la maison de sagesse redevint une simple bibliothèque, sous le nom du Khizanet Al Mamoun (Magasin du Mamoun) jusqu'à la chute de Bagdad par les Mongoles en 1258 qui l'ont détruit. Puis la chute de Grenade et l'Andalousie en 1492.

Depuis cette époque, lorsque le pouvoir est tombé entre les mains des religieux islamistes, qui ont étouffé la philosophie. Dans un monde privé de la science et la philosophie, est bien seuls les religieux se permettent de se nommer ulémas (savants) où la religion règne et domine absolument la vie civile, cette domination religieuse écrase la liberté de pensé et y maintient l'idée la plus opposée au progrès et à la modernisation, du coup ce monde est resté sous-développé, et la langue arabe est devenue stérile, utilisée uniquement pour la pratique religieuse.

De nos jours la plupart des gens estiment que la civilisation musulmane est venue d'Arabie ! Pourtant l'Arabie c'est le Quart vide elle n'a jamais abrité une civilisation sur son sol ! Aujourd'hui, les Arabes veulent se montrer au monde que c'était eux le berceau de la civilisation, mais en revanche sans avoir rien dans les mains, du coup, ils tentent de présenter l'islam qui est né sur leur sol, comme référence civilisationnelle, avec des solutions moyenâgeuses épuisantes sans satisfaire l'esprit humain qui atteint à une certaine maturité scientifique et technologique.

L'esprit raisonnable accepte le principe de la discussion et la diversité religieuse. L'islam fit partie intégrante de notre société contemporaine, mais pour faire sa place, il faut que les musulmans acceptent les conditions de la démocratie et la diversité religieuse et culturelle. Mais en effet, les musulmans se montrent à la société moderne qui sont autoritaires, et s'engagent, au nom des textes religieux dont ils croient qui ont raison sur tous les plans, sans être objectifs et faibles avec une argumentation convaincante.

Cette doctrine est à la fois craintive de la modernisation et orgueilleuse de son héritage religieux. Les fidèles ne cherchent même pas le vrai du faux dans les tiroirs de l'histoire de l'islam pour voir la vérité des choses, et assure un débat formel et séduisant. Se rajoute à cela la jalousie de la réussite du monde judéo-chrétien, cette jalousie a rendu l'Arabie le berceau de l'islam un volcan terroriste au lieu qui s'exprime avec la raison, il s'explose sur les quatre coins de la planète avec des organisations terroristes qui sont nées en Arabie comme Al-Qaïda et Daesh. Apparemment, une terre sainte ne fait pas pousser le mal saint sur sa terre, où se trouve-t-elle la sainteté dans cette région sanguinaire depuis l'âge des premiers califes ?

En Algérie, les méthodes employées par l'organisation islamique étaient politiques. Construction des mosquées veut dire la construction des basses militaires des colons arabe.

•Elle conduisa les gens à la mosquée, pour gagner l'opinion publique au nom de la religion.

•Manipulation mentale des adeptes, elle utilise le système de la carotte et du bâton (l'enfer et le paradis)

•Présentation des idées islamiques comme l'unique vérité sur terre et le seul accès au paradis.

•Tout ce qui n'est pas islamiste est jugé ennemi de Dieu, y compris les musulmans qui refusent cette doctrine.

•Pouvoir totalitaire, interdiction de toute critique sur cette idéologie considérée comme sacrée.

•Application d'une stricte règlementation et un mode d'emploi de la vie courante (comment s'habiller, comment dormir, ne pas écouter la musique, etc.)

•Idolâtrie des califes, les compagnons du prophète et certains théologiens, même s'ils ont commis des crimes contre l'humanité.

• Humiliations de la femme considérée faible d'esprit

• Séparation entre l'islamisme et la société moderne.

• Séparation de la famille si elle ne fait pas partie du clan islamique (divorces, rejet des parents, des frères et sœurs)

• Incitations à la haine raciale.

• Le djihad est considéré le pilier le plus important des Arabes.

En Algérie dans les années 1990, une organisation islamique clandestine est apparue. Elle se multiplia dans chaque quartier et ville, elle fait sa loi en contrôlant les gens s'ils buvaient de l'alcool, si les femmes ne portaient pas le voile islamique, si les gens ne venaient pas à la mosquée. C'est une organisation très violente et dangereuse. Son but est de préparer le terrain pour un état islamiste. Le parti islamiste se voyait déjà un état dans un état, il a infiltré les djihadistes afghans et arabes dans ces groupes qui imposent leurs lois par force contre la population civile.

Les journalistes qui refusé de modifier leurs visions contre cette idéologie ont été assassinés par les terroristes ; puis, la jeune lycéenne « Katia Bengana » est la première femme algérienne assassinée par les islamistes, son seul crime était d'avoir refusé le porter du voile islamique. Ensuite, sous les menaces de mort, les islamistes ont forcé les directeurs des lycées et universités d'ouvrir de salles de prières dans leurs établissements mêmes dans les associations sportives et culturelles. Après ils enchainent des opérations commandos en milieu rural et urbain, en forçant les gens de devenir des islamistes, ensuite, ils sont passés à la vitesse supérieure.

Toute personne qui fait une fête de mariage avec la musique risquera sa vie, ainsi que les vendeurs des instruments de musique et les vêtements féminins de style européen. L'expansion de l'islamisme gagne rapidement le terrain avec un objectif écrit noir sur blanc « l'état de califat en Algérie ». L'islamisme est devenu l'unique projet pour la société algérienne qui veut sortir de la crise économique. Cette doctrine prévoit l'installation du régime taliban en Algérie, une référence de l'identité arabo-wahhabite. La réalisation de ce projet encourage le repeuplement de l'Algérie par les masses migratoires islamistes du Moyen-Orient, pour que l'Algérie devienne une passerelle islamiste vers l'Europe, qui facilite de nouveau la conquête de l'Andalousie.

La mosquée est un lieu public ; son rôle est d'offrir une alimentation spirituelle saine et propre pour que la société trouve son équilibre. Et puisque les islamistes ne respectent ni la loi du ciel ni celle de la terre ; ils ont violé cette règle, ils ont transformé la mosquée en centre de recrutement pour leur parti politique. Du jour au lendemain, ils ont attiré beaucoup des fidèles, ensuite, les fidèles ont été utilisés comme troupes djihadistes. Un ancien ami fut parmi les premiers recru et vu à son haut niveau sportif en boxe anglaise, les islamistes l'ont utilisé comme le gendarme du quartier. Les groupes islamistes menacent les gens jusqu'à ce qu'ils abandonnent leurs philosophies de vie, et se soumettront sous leur autorité islamique. Un petit groupe islamique et leur émir ont été placés au bout de notre rue, ils attendaient ma sortie de la maison pour régler mes comptes. J'entends une voix qui m'appelle par mon nom prés de notre porte d'entrée :

— Samir, Samir. J'ai ouvert la porte et là je tombe sur mon ami le Boxeur. Il s'arrête sur le pas de la porte pour s'assurer que je suis seul et non armé. J'ai tout compris qu'ils sont venus me tuer. Je me suis dit :

— Les islamistes m'ont préparé un piège. Je le

regardais droit dans les yeux avec un léger regard.

— Veux-tu me parler ? Le Boxeur répond avec un air calme :

— Tu peux venir, je dois te dire quelque chose.

— Attention mon vieux ! Pourquoi es-tu venu me parler avec tout ce monde ? Le Boxeur commence à me rassurer :

— J'espère que tu ne paniques pas, je voudrais tout simplement échanger quelques mots avec toi. Pourquoi ne viens-tu pas à la mosquée, et ne fais-tu pas tes prières ? Un jeune sage comme toi, qui a une bonne réputation dans le quartier, on n'a vraiment besoin de lui. J'ai tout de suite compris qui venait me recruter et me vendre l'islamisme. Je lui ai répondu.

— Que je sais bien qu'il n'y a en moi aucune sagesse, ni petite ni grande ; que veut-il donc dire en me déclarant que je suis sage ?

— J'ai souvent admiré ton caractère, je suis venu pour t'apporter une mauvaise nouvelle, que je ne pourrai supporter qu'avec la plus grande peine, le groupe ont décidé soit tu te convertis, soit ils vont utiliser les grands moyens contre toi.

— D'où tires-tu ce procès ? Je te remercie de m'avoir prévenu. Alors, je suis devenu votre souci donc ! écoute mon ami ! il me semble aussi que tu trahis tes propres enfants ; alors que tu peux accomplir leur éducation, tu vas les abandonner et les livres à la merci du hasard, et peut-être à tous les malheurs qui arrivent à des orphelins, mais tu me montres que tu as pris le chemin le plus dangereux. Il faut prendre le chemin de la paix surtout toi qui fais profession d'un sport de noblesse d'avoir cultivé la vertu pendant toute ta vie professionnelle. Je m'inquiète pour toi, suivre ces gens ne t'apportent aucun bien. Fais tes comptes et arrête-moi si je te disais des âneries. N'écoutes pas la foule qui n'y connait rien sur l'islam.

Son émir lui faisait signe pour qui rejoint le groupe, mais mon ami le Boxeur ne voulait pas retourner.

— Cher ami, encore une fois, suis mes conseils, laisse-moi te sauver. Ta mort serait un grand malheur pour tes enfants, je serai privé d'un ami. Rentre chez toi. Ton émir est un bon adversaire pour un partisan de la liberté, je vais aller le voir, ça va lui changer les idées. Je me suis approché du groupe.

— Si l'un de vous a l'envie de me battre, il me trouvera ce soir à la mosquée. Je suis d'une nature calme et je n'aime pas me battre, je serai ravi de faire entrer un peu de bon sens dans certaines têtes qui ont décidé de me taper. L'émir commence à me convaincre.

— Si une personne désobéit Dieu, la malédiction tombe sur toute la communauté, on est obligé de mettre l'ordre divine et défendre notre religion.

— Défendre l'islam c'est bien, mais défendre la vérité c'est mieux. Si l'humain prend la défense de Dieu, ce Dieu ne mérite pas d'être adoré tout simplement, c'est plutôt l'humain qui a besoin de la protection de Dieu et non pas le contraire n'est-ce pas ! Cette dernière phrase a secoué sa pénible pensée, et calmé son extrémisme. Puis, j'ai vu que la raison l'a emporté sur l'émotion. L'émir était battu devant ces disciples, il me disait :

— On vit dans un pays musulman et tu dois venir à la mosquée, tu es de parents musulmans. Je lui ai répondu.

— La prière c'est une investigation privée, et lorsqu'on commence à installer des idoles à la mosquée, elle devient un templier, ne vois-tu pas le nombre des prêches qui se font au nom des califes sanguinaires et sur leurs théologiens imparfaits dans la mosquée ! As-tu lu le Coran ? Dans la sourate El-Jin, verset 18 « En vérité, les mosquées sont la propriété exclusive de Dieu. N'y invoquez donc nul autre que lui ! » Le jour où tu me trouveras une mosquée, je serai le premier à venir. L'émir n'a rien trouvé de mieux à me dire :

— Donc, tu peux venir nous apprendre notre islam. Je dis à l'émir :

— Si ce que je vous dis n'était pas vrai, il vous serait obligé de me convaincre de mensonge. Car, si je corromps les gens, je leur ai donné des conseils nuisibles, ça retourne contre moi pour m'accuser et me faire punir ; ce serait le devoir de la justice qui me punira. Je n'ai jamais été le maitre de personne et je n'enseigne la religion à personne ; mais si quelqu'un désire m'entendre et voir comment je vois les choses qui m'ont été présentées telles qu'elles étaient, jamais je ne le refuserai. Je ne me conteste pas lorsqu'on me trouve des erreurs, et je ne me tairai pas lorsque je dis la vérité. Quelle est la peine de suivre une religion sans comprendre ses valeurs ? Pour avoir tenu une pareille conduite ? Et échapper à vos menaces de mort.Nul n'ignore qu'à la guerre on pouvait échapper à la mort en jeton nos armes et en demandant un dialogue avec l'ennemi, il y a mille moyens pour sauver la vie humaine quand on est résolu à dire la vérité et accepte la vision d'autrui. Ce n'est pas la mort qui est difficile d'éviter, mais la haine ; elle court plus vite que la mort. L'émir était surpris par ma raison.

— Peux-tu oublier que j'ai été ton ennemi ? J'avoue,

on est venu pour te matraquer. On se verra un autre jour.

Ensuite, ils sont partis. Une semaine après, on a appris que l'émir de ce groupe était mort dans une embuscade contre les forces de l'ordre, et mon ami, le boxeur a repris le court de sa vie, il était reconnaissant de mon intervention, je lui sauvais la vie, et il n'est pas mort dans l'embuscade avec son groupe.

Je n'oublierai jamais le jour où les pitbulls de l'islamisation se sont relâchés contre l'un de mes amis d'enfance qui s'appelait Koukou. Un mineur de 16 ans a répondu avec un air agité à un émir :
— Ça ne vous regarde pas si je mets le t-shirt de Michel Jackson ou celui de Madona. Il a été frappé violemment par les islamistes. Ils étaient organisés, pendant que les uns sont en train de taper sur la victime, les autres protègent la zone de l'agression avec des armes blanches. Nous étions impuissants d'intervenir. Cette scène m'a beaucoup marqué, et elle m'a fait m'écarter de l'Islam, je ne faisais ni Ramadan ni prière. Moi et mes amis, nous maitrisons quelques instruments de musique, dans notre jardin nous buvons du vin et nous chantons les chansons de CAT Stevens, Matoub Lounes. Ma mère ne m'a jamais permis de boire l'alcool en dehors de la maison. Les islamistes ont traumatisé notre adolescence.

La place de la Brèche, que les architectes modifient de temps en temps, est l'endroit le plus animé de la ville : la poste, le théâtre, la banque centrale, le palais de justice, le square du jardin public avec ces magnifiques sculptures et statuts. Les Cafés, les restaurants, les crèmeries attirent les foules qui viennent pour regarder un spectacle au théâtre, ou pour leurs affaires administratives. Dans ce lieu tranquille et touristique, les terroristes ont tiré sur un pauvre policier et comme ils ont tiré sur la foule ils ont tué mon voisin handicapé «Zoubir». Chaque jour, on perd un proche ou un ami ; comme l'assassinat de mon ami « Mancef » qui m'a appris à conduire la moto, puis notre laitier du quartier se faisait descendre dans sa boutique avec notre jeune voisin qui était policier « Azdine ». Les islamistes ont décidé de nous exterminer un par un.

Le parti islamique s'est servi de la démocratie pour arriver à la tête des élections présidentielles. Une fois arrivé au pouvoir, il annonce haut et fort qui jettera le système démocratique de mécréants et le fera remplacer par la loi islamique « la Charia » et il ne toléra aucune objection à son projet ! Cette déclaration d'une dictature religieuse, elle a conduit l'armée vers une annulation définitive à ce projet islamiste. Le parti islamiste se sentait humilié par la décision militaire et comme il n'est pas mature, sur un coup de colère, il a cédé à sa brutalité en allant déclarer le Djihad qui était déjà son objectif dès le départ. Qu'arrive-t-il cependant à l'Algérie ? En quelques jours, c'était l'apocalypse, les explosions de haine et de colère s'éclatent chez tous les islamistes de la planète qui ont voulu faire de l'Algérie leur terre promise. Ensuite, deux armées se disputent le pays l'armée algérienne, et l'armée des djihadistes, soudains ! L'Algérie s'est transformée à une jungle de la religion.

Les pronostics de cette guerre m'affirment que je vis sur un mauvais terrain sinistré, où j'ai cru organiser ma vie dans un milieu heureux, le résultat de cette catastrophe m'a fait perdre tous les chiffres de mes projets ;

même mon organe de la parole a perdu tous les mots. Je ne peux plus m'adapter à cette situation, j'ai décidé d'aller me promener dans le jardin des fleurs pour rafraichir mes idées et me familiariser avec d'autres espèces naturelles. Je sais que les différentes couleurs et parfums de la nature ainsi que les oiseaux vont m'apprécier mieux que les êtres humains ! J'ai décidé de sortir de notre maison pour aller prendre l'air malgré le risque des émeutes. De toute façon dans une guerre civile personne n'est dans l'abri ; j'ai envie de profiter au maximum de ma ville natale, je sais que je suis une proie au milieu de ce conflit et peut-être demain ça sera mon tour de disparaitre comme les autres victimes.

Quand je suis en promenade, les idées m'envahissent ; j'ai pris l'habitude de prendre avec moi un cahier pour récolter ces idées avant qu'ils s'évaporent de ma tête, je note toujours les meilleurs dans un carnet, qui me sert à améliorer mes expressions qui font partie de mon élégance. Je me suis installé sur une banquette en bois à tête reposée dans le Jardin public de Square près de chez nous. Je crus voir mon bonheur sur cette vue toute puissante avec ce magnifique paysage qui donne envie de vivre. Je crains que ces belles choses aillent s'effacer de ma ville, car la guerre a déjà commencé.

Nous sommes les héritiers de cette diversité culturelle et religieuse de ce grand pays qui est l'Algérie. Ce pays est comme un vase rempli des différentes fleurs. Mais les islamistes veulent nous réduire à une idéologie unique, ils appellent ça « Ouma » utilisée pour nous conditionner et nous forcent de penser tous de la même façon, et au moindre détail; et pourtant c'est Dieu qui a créé la diversité et il l'a mentionné dans le Coran dans la Sourate El-Hujourat verset 13- « Nous vous avons créé d'un mâle et d'une femelle, et nous avons fait de vous des nations et des tribus, pour que vous vous entre reconnaissiez le plus noble d'entre vous, auprès de Dieu, est le plus pieu ».

En lisant ce verset coranique, je pensais aussitôt à la société européenne, là où l'on trouve la diversité religieuse et culturelle. Donc, est-ce que ce sont les Européens qui sont contre la diversité qui est citée dans le coran, ou bien ce sont les islamistes qui fonctionnent à contre sens du coran ? Ce jardin des fleurs m'a aidé à comprendre la philosophie de la vie qu'aucun imam n'est à la hauteur pour semer l'amour et la tolérance au sein de notre société, et briser l'idolâtrie du totalitarisme.

Ce projet déraisonnable, il s'intéresse uniquement à l'islamisme qui est devenu un fait de mode dans notre société qui se laissait tromper par cette drogue venait d'Arabie. Les marchands de cette drogue font croire aux Algériens que la consommation de l'islamisme c'est une solution miraculeuse qui résout les problèmes de l'Algérie. On ne peut pas être vainqueur et aller pleurer chez tout le monde ; pour avoir de la nourriture, la technologie, les médicaments et boire dans la tasse des mécréants qui se font insulter jour et nuit dans les chaines de télévision islamistes ; et dans les serments de vendredi, comme soi-disant ce sont les enfants des singes et des porcs !

Mais est-ce que ce monde islamique est conscient ? Sans l'assistanat des enfants des signes et des porcs peuvent-ils survivre ? Ces fous de l'islamisme sont irrationnels, ils veulent détruire notre jardin des fleurs pour planter à la place leur cocaïne religieuse. Ils nous manipulent avec leur langue fourchue pour qu'on soit les consommateurs de cette drogue religieuse, les islamistes ne nous apportent ni la technologie ni la médecine, ni les sciences brillantes ni les arts rien que de l'amertume et le racisme. Nous ne devons pas les laisser réfléchir à notre place, ils nous ont inventé des ennemies par tous. On est battu par cette doctrine affreuse, et l'on ne peut pas cautionner cela.

Aujourd'hui et demain, j'ai les mêmes rêves. Un rêve qui est profondément enraciné dans mes gènes algériens. Je rêve qu'un jour cette nation se réveillera et fera honneur à sa vraie destinée et ces origines. Je rêve qu'un jour on jettera la haine dans le four du mal, ce jour-là notre malheur changera en une oasis du bonheur. Je rêve que mes futurs enfants vivront dans leur pays d'origine où ils ne seront pas jugés et condamner à cause de leurs modes de vie. Ce beau rêve est comme ces fleurs en face de moi dans ce magnifique Jardin de Square accompagné par ces oiseaux qui chantent ou peut-être c'est moi qui suis devenu poète !

J'ai été un enfant, un point tranquille
J'ai grandi, j'ai compris et j'affirme
Je vis dans un pays fragile
Je ne sais rien, je ne sais plus
Pas de richesse et pas de soucis
Ni de plaisir ni de succès
Ni de vision ni de raison
Je ne vois plus mes saisons
Ni mes liaisons ni ma maison

Est-ce que je suis en prison ?
Où est-ce moi qu'a perdu la raison ?
Je n'ai rien à vaincre ou à défendre
Pourquoi suis-je puni par ce désordre ?
Que vois-je dans cette brume
Mon pays se conduit vers la guillotine
J'entends la lame qui couine
Et l'ennemie affirme
Il veut ma tête pour construire son empire
Il l'endoctrine pour qu'elle devienne sa plume
Il veut être calife et moi son disciple
Je suivrai la gaité de mon chemin !
Je me bâterai lendemain après lendemain
Contre ce monstre inhumain
Je suis la porte et la clé
De la vie que j'ai choisie
C'est mon investigation privée
Prêt à mourir pour ce noble prix.

J'ai noté ce modeste poème dans mon cahier. Il est l'heure de quitter ce beau jardin de fleurs, et comme par hasard je vais rentrer dans notre maison baptisée villa de fleurs ; mais depuis la mort de mon père, notre jardin est dans un état lamentable. Il ne reste aucune fleur sauf un figuier et un grand arbre à mûre blanche. Notre chien aussi était mort, un berger blanc suisse, offert à mon père par un officier militaire qu'a travaillé avec mon père à la caserne française en étant artisan de cuir. Mon père fabriquait tout ce qui concerne l'habillement militaire en cuire.

J'ai été entrain de marcher tranquillement, pour rentrer chez moi. À côté d'une rue croisée et au moment même où j'ai tourné pour poursuivre ma route soudain, un Agent des forces de l'ordre pointa son canon de fusil d'assaut sur mon dos et manœuvre pour recharger la balle au canon de son fusil, il a lancé un cri fort dans mon oreille :

— D'où sortez-vous ? Levez vos mains vers le ciel. J'ai ressenti la mort et j'ai tremblé de peur.

— Que faites-vous ici ? me disait l'agent :

— J'étais dans le jardin public de notre quartier, je regardais les fleurs.

— Vous vous moquez de moi ! vous regardez les fleurs, pendant que certains meurent ! Puis, il m'a tapé avec un coup de pied, et m'a conduit vers la camionnette de police. Il disait à ces collègues :

— Fouillez-le ! Un autre agent-cagoulé demanda mes papilles d'identité que je ne les avait pas avec moi, il commence à m'examiner puis il trouve dans ma veste mon cahier là où j'ai écrit mes expressions, et mes poèmes. L'agent se mit à lire mon cahier, pour s'assurer qu'ils ne sont pas des messages terroristes.

— C'est vous, qui avez écrit tout ça

— Oui monsieur l'Agent

— Écrivez-vous pour le parti islamique ?

— J'écris pour m'instruire et m'enrichir culturellement

— Vous appartenez aux islamistes ou à un autre mouvement.

— Non-monsieur, je suis un simple citoyen

— Et ton père et tes frères sont-ils des islamistes ?

— Mon père est mort et je suis le fils unique.

— Où habitez-vous ?

— J'habite juste à côté à l'impasse « Moklier » avec ma mère.

Le policier a compris que je ne suis pas un type à problème, il a appelé son supérieur qui m'avait donné un coup de pied sur ma cuisse. Ils ont murmuré, entre eux, puis l'agent m'a fait signe de m'approcher à côté de lui ; j'ai avancé de quelque pas pour me retrouver en face de lui, puis, il a tapé sur mon épaule en me disant :

— Écoutez, jeune homme. Je suis désolé pour tout à l'heure, ce sont toujours les bons qui payent pour les mauvais, actuellement votre quartier est devenu dangereux et l'on est obligé de veiller sur votre sécurité. Faites attention à vous, votre mère a besoin de votre présence, donc, pouvez-vous rentrer ? Je n'ai jamais vu notre quartier rempli des forces de l'ordre comme ce jour-ci.

Je suis rentré à la maison avec un visage attristé, tout de suite ma mère a lu sur ma physionomie que je n'allais pas bien ; elle n'arrête pas de me répéter la même question :

— As-tu eu un problème dehors ? Je l'assurai que rien n'est grave, après que la peur est sortie de mon corps je repris mes esprits, je commençai à lui raconter ce qui m'était arrivé. Ma sœur m'annonça qu'elle a entendu des accrochages avec des armes de guerre entre les islamistes et les forces de l'ordre et apparemment ça fait beaucoup des morts et des arrestations. Ma mère commença à paniquer :

— Il est hors de question, tu ne sortiras plus jamais de la maison. Ma sœur Lora était contre la décision de ma mère.

— Même s'il ne sort pas dehors il vivra la même scène en restant ici à la maison ; les forces de l'ordre sont rentrées dans notre jardin et ils ont attrapé certains suspects à cause de cette mosquée collée à notre jardin ; elle va surement nous causer de sérieux problèmes. Je suis sorti examiner notre jardin construit en trois paliers en forme d'escalier et chaque palier fait la taille d'un terrain de basquet, illustré avec une belle façade en pierre. J'ai trouvé un désastre dans le jardin, les arbustes coupés, la canalisation des eaux usées qui traversait le jardin casé, le grand arbre de la mûre blanche effondré, beaucoup des trous dans les barbelés. J'ai tout compris que notre jardin était un champ de bataille.

Face au terroriste :

Depuis cette discorde menée par les islamistes c'est très rare qu'un Algérien décède naturellement, chaque jour on voit des assassinats, des attentats terroristes, des arrestations, des barrages de contrôle installés par les forces de l'ordre, de faux barrages installés par les terroristes. La grande fatigue s'est installée et mon âme se trouvait en pleine obscurité et les menaces terroristes pèsent sur moi comme une torture psychologique qui me tue à petit feu. J'étais entre le marteau et l'enclume, être pris entre deux feux, je risquerai ma vie par le gouvernement si je sympathise avec les islamistes de l'autre côté, je risquerai ma vie par les islamistes si je sympathise avec le gouvernement. Les islamistes menacent toute personne qui travaille avec le gouvernement, ils ont tué beaucoup de jeunes civiles qui sont parties effectuer leur service militaire qui est obligatoire ! Dans la rue, tout le monde a peur de tout le monde, personne ne sourit à personne, la moindre erreur c'est la mort garantie. Pour vivre ce cauchemar, on doit avoir un mental de fer.

Lorsque les islamistes écrivent sur une porte de quelqu'un « l'ennemi d'Allah » ou envoient un linceul au nom de la personne visée, c'est un message fort que la personne est dans leur collimateur. J'ai reçu des menaces de mort par les islamistes, ils ont cru que c'était moi le coupable de l'arrestation de leurs confrères lorsqu'ils se sont échappés aux forces de l'ordre par la mosquée, qui est collée à notre maison, pour s'abriter dans notre jardin. Parce que, les gendarmes et la police ont débarqué dans notre jardin, ils ont arrêté un bon baquet des islamistes.

Tout le monde ignore les faits et causes de ces arrestations et nul n'est censé de savoir. Et pourtant dans le même jour, moi aussi, je me suis fait arrêter par les forces de l'ordre quand j'ai quitté le jardin de fleurs. En ce jour, notre quartier était encerclé par les forces de l'ordre, qui sont venues chercher les islamistes. Mais, ce qui est vraiment inquiétant, personne ne sait où se trouve le lieu de justice des islamistes ; on n'a aucun moyen pour les contacter et faire recours pour justifier notre innocence, lorsque l'on est jugée et condamnée par des fantômes, même si l'on est innocent, on ne peut rien faire pour se protéger, on a qu'attendre notre exécution qui se fait en silence par des actes terroristes. Contrairement à l'appareil judiciaire de l'état qui nous permit de défendre nos droits à l'aide d'un avocat pour qu'on puisse justifier notre innocence.

Mes sœurs et ma mère ont pris l'affaire au sérieux, elles ont commencé à avoir peur de me perdre. Tellement ma mère perd la tête, elle voyait par tous des solutions qui défilent dans son esprit ; tantôt, elle veut que je pars chez mon oncle en petite Kabyle ; tantôt, elle veut m'envoyer en France chez mon oncle, ma tente et mes sœurs, puis elle veut que je dors dans un hôtel. Pour ma mère, ma mort est assurée si je reste à la maison.

Le lendemain matin, je suis sorti pour aller boire un café ; une voiture blanche s'arrêta brusquement à deux pas de moi ; puis l'un des passages cagoulés a ouvert la vitre de la portière de la voiture et a tiré sur moi en visant ma tête. La balle est passée à un cheveu ou presque à côté de mon oreille. Mes voisins du quartier sont venus me secourir et s'assurer que je n'étais pas blessé. Dieu merci, c'était un miracle. Les choses commencent à devenir séreuses. Ces islamistes ont oublié la confiance que nous leurs avons accordée tout au début, lorsqu'ils ont commencé à prêcher l'Islam dans notre quartier ils étaient gentils comme des agneaux. Aujourd'hui, ils sont devenus nos chasseurs, et ils ont failli me tuer sans aucune raison valable ! Je me suis dit :

— D'accord..., c'est jouable.

Mina une amie d'enfance est d'origine chawi des Aurès, avec laquelle j'ai grandi. Quand je suis avec elle, je me sens en compagnie de la reine Kahina des Aurès ; elle me donne de l'énergie surtout avec ces yeux verts, ses traits offrent la perfection et la signification de la beauté berbère. Sa tête, remarquablement étroite et ronde, elle portait des cheveux du plus beau noir, humides et bouclés avec pression, pas un cheveu ne dépassait l'autre. On partage beaucoup d'idées mutuellement. Mon amie avait vu la scène de sa fenêtre de la maison qui donne directement sur la rue principale. Mina était choqué de cet évènement, elle est sortie immédiatement de chez elle pour aller informer ma mère sur cet effet.

Je suis retourné chez moi avec une décision ferme basée sur une déclaration de guerre, je me suis dit :

— Je dois les prendre pour petit déjeuner avant qu'ils me prennent pour diner. Ma mère et ma grande sœur étaient parties à la banque pour vendre des bijoux. Ma sœur Luisa et mon amie étaient à la maison, j'ai sorti une bouteille du vin de l'armoire qui m'a été offert par ma sœur qui habite en France. Ma sœur Louisa ne buvait pas d'alcool donc j'ai servi un vers à mon amie qui est rebelle, ce n'est pas une berbère pour rien. J'ai tapé sur la table, pour décharger cette colère qui m'étouffait et ça m'a fait du bien ; de crier :

— Me voici maintenant ; soldat de liberté dans l'armée de vérité puisque la cause pour se battre est devenue juste et claire. Nous sommes tous des soldats de la même armée, recrutés sous la capitainerie du verdict, pour livrer bataille au même ennemi, et détruire cet empire de mensonges et du mal. J'ai versé des larmes à ma première gorgée du vin à l'honneur de tous les innocents morts dans ce conflit ; mon amie Mina me disait. :

— Tu veux faire une guerre contre une grande organisation armée sans avoir ni arme ni soldat avec toi ; si nous restons encore ici dans quelque temps nous mourrons tous, les islamistes sont en train de tuer nos règles de vie.   J'ai pris Mina par sa main :

— Viens voir, je n'ai pas encore dit mon dernier mot.

On est descendu dans le sous-sol de la maison qui donne directement au jardin. Je dis à Mina :

— Vois-tu ces deux armes de guerre ? Elles appartiennent à ma mère un souvenir de ces frères qui datent depuis la guerre de libération? As-tu vu ! je suis armé et prêt pour me défendre. Mon beau-frère ; le mari de Lora qui était instructeur à la gendarmerie, c'est l'un des plus fameux maitres d'armes dans la région ; dès qu'il pouvait disposer d'un instant, il m'apprenait le tir avec différentes armes. Mon amie était étonnée de voir les armées de guerre devant ces yeux.

Cette ennemie qui tue au nom de la religion me pousse à devenir un soldat de la légitime défense. Alors, pour faire ma préparation morale, j'ai commencé à écrire un testament en accord avec cette chanson magistrale de « Deep Purple - Child in Time » qui est devenue ma

Bible, chaque mot est transparent. Chaque mot est baigné dans la réalité, le texte illustre les conséquences dramatiques de la guerre ; et la voix du chanteur « Ian Gillan » cria l'enfer des bombes, les cris des enfants, les cris des femmes qui pleurent le départ de leurs maris à la guerre. Tous ces éléments qui m'entourent, la bouteille de vin, mon amie, la musique me donnent de l'énergie pour me battre sur tous les fronts. Les mots ont commencé à défiler naturellement comme un mystère étrange, ma main commence à imprimer l'image des évènements, je suis mis dans un état semi inconscient. J'ai bu sur le malheur de mon pays un vin dont j'étais déjà ivre, avant la création de la vigne.

Ô toi assassins, de mes origines !
Si ma mort te portera la joie
Je l'offrirai à ce monde qui croit
Ma religion c'est l'amour et la joie
Apprends-moi la sagesse dorée
Avant de me juger et m'enfermé
Dans ta doctrine détestée
Par Dieu et l'humanité
Tu me parles comme une dynastie
Je me défends comme un envahit
C'est par là que je me suis vengé
Soldat de la vérité, me voici !

Le chat était fatigué à ma place, il dormait en position étendue sur le canapé. J'appelai encore une dose de vin, mais la bouteille était vide et ne reste rien dedans. Je ne me souviens de rien, ensuite ma réaction a diminué, j'ai perdu l'équilibre, j'ai posé doucement ma tête sur la table et je me suis endormi. Puis, j'ai entendu ma sœur et ma mère rentrées à la maison, elles ont compris que j'avais bu du vin. Mina commence a expliqué à ma mère ce qui m'était arrivé :

— Les islamistes ont failli le tuer. Ma sœur Lora s'inquiéta de mon état d'ivresse, elle disait :

— On vit dans une jungle, et l'on est devenu leurs proies. Je sais comment fonctionne mon frère, il n'a jamais fait du mal à personne, il est généreux et très gentil, mais quand il décide une chose il va jusqu'au bout, il est capable de faire la guerre contre les islamistes. Ma mère :

— Il est toujours solitaire depuis la mort de son père, il déteste l'injustice ; c'est pour cela que je ne le contredis pas, il est trop jeune pour comprendre l'immensité de la difficulté à vaincre et les pièges des évènements actuels. La mère de Mina disait à ma mère :

— Tu dois surveiller ce jeune homme qui a tant d'énergie, ton fils et ma fille sont devenus deux partis de l'opposition dans ce pays, ton fils est contre les islamistes et ma fille ne veut plus reprendre ces études à cause de l'arabisation du système scolaire. La mère de Mina est venue depuis le début de l'après-midi lorsque j'ai été presque dans le Coma à cause du vin qui m'a rendu malade. Puis, elle a rassuré ma mère :

— Ne t'en fais pas, il a pris une douche froide avec une tasse de café noir sans sucre, il va redémarrer ; j'ai l'habitude d'utiliser cette méthode avec mon mari, tous les Algériens aiment boire le vin et le whisky. Ton fils est trop fier et a trop d'ennuis, il a un caractère du maitre, il s'entend bien avec ma fille. Ma mère,

— Il trouvait ses anciens amis pas assez assidus, ils ont changé, ils ne sont plus comme avant ; il a trouvé le côté nostalgique chez ta fille qui est de nature mesurée, elle est devenue sa mémoire d'enfance. Je me suis réveillé au début de la soirée, tout heureux de voir la mère de Mina chez nous :

— Votre méthode magique a bien fonctionné. Merci de ce que vous avez fait pour moi, je ressens tout ce que je vous dois, ne vous inquiétez pas pour Mina, c'est un bijou et je suis son coffre.

Le projet de l'arabisation de l'Algérie a porté ses fruits, il a produit les terrorismes liés à la culture arabo-islamique. Le pays est devenu une boucherie à la grande satisfaction des islamistes assoiffés du sang par nature. La majorité du peuple ayant embrassé fermement l'islamisation, de ce fait, l'Algérie rejoint les pays islamistes, et la communauté internationale devenue méfiante de l'Algérie qui s'est islamisée comme l'Afghanistan.

Aucun pays ne veut ouvrir ces portes aux Algériens, car la grande majorité du peuple a voté pour le mouvement islamiste attaché au taliban ! Après le peuple pleura sa pénurie alimentaire, et le manque de visas. Et pourtant avant ce mouvement islamique les Algériens étaient respectés partout dans le monde à cause de leur révolution monumentale de la guerre d'Algérie, ils voyageaient librement et sans visa de séjours, dans plusieurs pays européens comme l'Angleterre, l'Espagne, l'Italie, et dans les années soixante et soixante-dix les Algériens rentrent en France uniquement avec une carte d'identité.

J'ai vu la pire hypocrisie dans ma vie chez les pro-islamités qui ont voté pour un parti politique islamique qui prêche dans les mosquées que les Européens ce sont les enfants des singes et des porcs. Mais qui vois-je dans les consultants des singes et des porcs ? Et qui font la queue pour avoir un visa, ce sont les pro-islamistes en grande majorité. Je ne comprends pas leur hypocrisie raffinée de l'irrationnel. Ils nous ont chanté pendant plusieurs années dans nos rues « Allah Akbar » pour enfin aller frapper chez la porte des singes et des porcs ! Pourquoi ne demandent-ils pas un visa pour qu'ils aillent vivre en Arabie, la terre de l'Islam ? Le moment semble venu de dire adieu à l'Algérie des valeurs, car une nouvelle histoire de l'hypocrisie est en train de s'écrire dans le pays depuis l'Arabisation forcée de l'Algérie par le système Boumediene, nous y sommes en train de vivre le résultat de ce projet.

Mon amie Mina a tout à fait raison d'arrêter ces études, sinon elle finira par mètre le voile islamique. Nos institutions scolaires sont envahies par les frères musulmans, qui venaient d'Égypte de la Palestine et la Syrie, car le président Boumedien a fait ces études dans l'Université Islamique d'El-Azha en Égypte chez les frères musulmans. Quant à moi, j'ai déjà boycotté les cours arabes dès l'école première et je me suis fait exclure de plusieurs établissements scolaires. Maintenant, l'heure est grave, une fois qui nous ont bourré la tête avec l'arabisation ils passent à la boucherie pour nous couper la tête.

Dans chaque ville et village, les gens découvrent tous les matins des têtes coupées par les terroristes, ces fous dangereux de la religion, ils ont transformé l'Islam duquel nos parents et grands parent ont connu auparavant à une horreur. Ils appliquent les mêmes méthodes effrayantes commises par les califes pour coloniser les populations au nom de la religion. Les islamistes me connaissent parfaitement si j'ouvre ma bouche, je fais tomber leur idéologie sanguinaire, ils ont menacé mes amis pour qui ne me fréquentent plus.

Les ponts de Constantine sont devenus le lieu des suicidaires. Une amie se jetait par le pont, deux autres amis sont devenus fous, le taux de suicide ne cesse de grimper, les gens n'arrivent plus à supporter ce cauchemar, les rues sont remplies des fous et de mendiants. Toutes les femmes portent le voile égyptien et le Niquab Saoudien, et les hommes portent les robes comme les Saoudiennes. Il reste une petite minorité de femmes algériennes qui refusent de porte le voile islamique, mes sœurs, mes amies et mes cousines ne portent pas le drapeau de colons arabes, comme disait mon oncle à ces filles. Constantine, la ville de Massinissa, de Jugurtha, de Ptolémée, la ville de grands musiciens et artistes, une ville lourde d'histoire s'est transformée à Kandahar.

Mon amie a reçu de menaces de mort par ces psychopathes qui se croyaient responsables parentaux pour tout le monde, ils lui ont annoncé qu'elle ne devait plus me fréquenter, cette menace est difficile à combattre, car l'ennemi et invisible. Les parents de Mina paniquent, moi aussi j'ai eu peur pour elle, car ils n'ont aucune pitié. Sa mère a décidé d'envoyer Mina à la région des Aurès, chez sa famille. Du coup, Mina a refusé d'aller vivre chez sa famille, donc, je lui ai conseillé de jouer le jeu et porte le voile islamique juste pour qu'elle se protège de leur ruse en attendant qu'on trouve une solution.

J'ai l'impression que chacun d'entre nous possède un fichier de renseignement chez les islamistes. Quant à moi, l'heure de la guerre a sonné, je suis devenu comme un gibier dans leur collimateur. La vie m'a mis dans les pires épreuves, combien de fois la mort m'a frôlé. La guerre contre le terrorisme est fatigante dans laquelle, l'ennemi est invisible impossible de le détecter il peut nous tuer à l'heure qu'il veut, là où il veut et comme il veut, notre vie est devenue sa cible. Il faut alors agir avec décision et rapidité, car si vous restez dans le même lieu vous leur donnez l'occasion d'exprimer sa rage et vous serez abattus. Dans ces conditions, il faut être comme les nomades qui fuient les tempêtes du désert, je me suis remis donc dans un jeu du chat et de la souris.

Je dors dans les hôtels de fois dehors. Je ne peux plus dormir à la maison, ils veulent ma peau, c'est très fatigant et ça ne pouvait pas durer longtemps. J'ai décidé de me battre, mourir et me reposer en paix, mais avant de partir j'ai voulu amener avec moi un bon paquet de ces psychopathes. Cette histoire est devenue un gouffre d'argent pour ma mère qui veut me sauver la vie, peu importe le prix. Je disais à ma mère :

— Tu gardes ton argent, les prix des hôtels sont chers, tu ne t'inquiètes pas ce soir, je dormirai dans le grenier ou bien sur la toiture de la maison. J'ai démonté la porte d'entrée pour faciliter l'accès aux terroristes ; j'ai tout installé sur la toiture ; un fusil mitraillette qui appartient à ma mère chargée avec sept balles, deux bassines de mercurochrome, une couleur rouge qui résiste au lavage, cette idée m'est venu à l'esprit. Verser le mercurochrome sur les terroristes ça me permet de détecter si une personne dans notre quartier est tachée de la couleur rouge, comme ça je pourrai découvrir la personne qui est venu me tuer.

Sur la toiture de la maison, j'ai choisi un bon coin avec une bonne visibilité qui donne sur la porte d'entrée de la maison et le jardin. J'ai demandé à Mina de venir m'aider pour effectuer cette opération, contre ces criminels, elle était contente de se venger contre ces assassins. Le plan a fonctionné à merveille, Mina a versé le mercurochrome sur les deux terroristes qui sont rentrés chez nous et moi j'ai tiré pour leur faire peur. Les terroristes ont pris la fuite en courant avec une douche de mercurochrome.

Des coups de rafale de mitraillette sortent de notre fenêtre de la cuisine qui donne au jardin. Je me suis dit :
— Oh..., mon Dieu, ils ont tué ma mère. Soudain, j'ai entendu la voix de ma mère, qui m'appeler :
— Samir, Samir… tu n'as rien de mal. Ouf…, je me suis senti soulagé qu'elle n'eût rien de grave. C'est la première fois de ma vie que je voie ma mère avec un fusil mitraillette, c'est elle qu'elle a tirée pour faire peur aux terroristes. Mais lorsqu'elle m'a vu avec son deuxième fusil, elle s'est mise en colère:
— Que fais-tu avec cette arme ?
— Il a bien servi aujourd'hui. Disait Mina à mère qui commence à paniquer.
— As-tu tué quelqu'un ?
— Non, je leur ai fait peur, à point c'est tout.
— Es-tu devenu fou ? Tu as risqué la vie de la jeune fille.
— Rien n'est grave. Disait Mina.
Ma mère me demande une explication sur l'abus de ces armées que je n'ai pas le droit de toucher ni de

m'en servir, car ils sont enregistrés comme objets de collections des maquis de la guerre d'Algérie, ils sont déclarés aux prés de services de l'ordre. J'ai expliqué à ma mère :

— Je suis d'accord avec toi, mais je n'avais pas d'autre solution. Puis, j'ai demandé à ma mère.

— Comment as-tu fait pour manœuvre une armée ?

— J'ai appris ça avec mes frères durant la guerre d'indépendance. Écoute, selon le registre qui m'était confié, je suis la seule qui a le droit de toucher à ces armes, maintenant fini, tu ne toucheras plus jamais à ces deux fusils. As-tu pensé si les islamistes ont tué ton amie ? Comment ferai-je avec ces parents ?

Le lendemain soir, une descente des forces de l'ordre ont occupé notre maison, un agent m'a mis le canon de son fusil sur ma tête et m'a conduit dans notre jardin, il m'a placé devant les policiers qui portent des cagoules, ils étaient installés derrière moi en position accroupie avec leurs fusils. Un autre groupe des forces de l'ordre était installé sur notre toiture. J'étais au milieu de jardin, leur chef m'a demandé de ne plus bouger puis, ils ont commencé à tire avec leurs fusils vers l'avant pendant cinq minutes. Les balles défilent à côté de mon corps, je me suis livré à la mort en attendant la balle qui va m'éteindre, j'ai vu la mort, l'enfer. Soudain, j'entends le cri de ma mère :

— Lâchez-le, il n'a rien fait du mal. Ensuite, un officier donna l'ordre pour l'arrêt des tirs, il m'a demandé de remonter à la maison, puis il a commencé à me questionner sur les armes que j'ai utilisées contre les terroristes, à ce moment j'ai perdu conscience, ma langue est restée collée dans ma bouche. Ma mère a justifié l'autorisation des armes à l'agent écrit au nom de son frère ; une grande figure de la guerre d'indépendance. L'officier était déçu d'effrayer une sœur d'un grand martyre mort pour l'Algérie, il s'excusa auprès de ma mère, puis ils m'ont amené à l'hôpital militaire pour m'apaiser, ils ont mis la garde à côté de notre maison pendant une semaine. Après cet évènement, ma mère a pris une décision ferme de m'envoyer en France chez mes sœurs Nadine et Sarah en attendant que le pays se calme.

Avant mon départ en France, je suis parti faire une dernière caresse visuelle à ma ville natale. Dans le café de notre quartier, j'ai remarqué une petite tache rouge de mercurochrome sur le visage d'un ancien ami basketteur, j'ai payé son café pour qu'il me remercier et s'approche de moi. Je lui demandé de s'assoir à mes côtés :

— Il y a des choses qu'on doit éclaircir. Il a évité qu'on reste en tête-à-tête. Écoute mon brave ami :

— Je connais beaucoup d'amis policiers et il y a beaucoup de policiers en civil ici dans ce café, donc, faits ce que je te demande, sinon je te dénonce devant tout le monde que tu es un terroriste. Je ne te demande qu'une chose dite moi juste qui t'a envoyé pour me tuer ! C'est un monstre d'orgueil et de fierté, il a refusé de me répondre.

— Même si je te donne son nom, tu ne pourras jamais le trouver, il est bien entouré. De ma part, personne ne viendra pour t'ennuyer. Je m'en vais.

— Je veux entendre les explications que tu me dois, avant que tu partes.

— J'avoue, nous avons été des imprudents, nous sommes allés trop vite. Grâce à notre émir, j'ai su ce que je voulais savoir, je sais bien ce que je ferai pour mon payer. Établir la loi islamique, et éliminer toute personne qui veut nous bloquer la route. Notre émir ne voulait pas te voir dans sa zone qu'il a islamisée, il a voulu que tu nous rejoins, soit il t'élimine. Il ne tient qu'à moi pour effectuer cette horrible mission. J'aurais déjà dû lui écrire que j'ai démissionné. Il est parti faire la guerre avec les groupes djihadistes dans les forêts de Jijel contre l'armée, il attend que je le rejoins, j'ai désobéi à ces ordres. Il y a encore dans ce monde une vie et je dois faire ma vie avec ma famille et non pas avec les islamistes. Je ne te demande qu'une chose en retour, tu gardes ça pour toi, je te conseille quitte la ville, tu es sur la liste des prochaines victimes. Nous nous sommes séparées à l'amiable.

J'ai pris mon chemin, pour aller visiter ma ville pour la dernière fois, avant mon départ en France. Sur la roche du monument des morts, j'ai projeté ma vue très loin pour sentir ce silence de la nature qui m'apaisa. Il ne me venait jamais à l'esprit de quitter ma ville natale et aller vivre dans un autre pays. Auparavant, je quittais l'Algérie rien que pour aller passer des vacances en Angleterre ou bien chez ma famille en France. Aller vivre en France ne peut être aboutie que dans un cadre d'une étude approfondie, ce qui n'est pas le cas pour l'instant, et ce n'est pas pour autant que je vais être heureux en quittant ma mère, mes proches et surtout ma ville natale. Mais sur une autre optique, la vision diffère la bombe islamiste qui s'est explosé en Algérie, elle est pire que la catastrophe nucléaire de Tchernobyl. Et comme l'instinct humain s'éloigne toujours là où se trouvent les guerres et les catastrophes naturelles ? Alors, lorsqu'un pays devient contaminé par le terrorisme islamique, par la haine de l'autre, et la loi du talion, l'exil déviant une loi pour les gens qui refusent ce conflit. Je chantais mon dernier poème pour ma ville natale.

Le temps passe.
Et elle ne reste que la trace sur place
Ce sont tous des souvenirs
On les pense à l'avenir
Où sont-ils passés mes amis ?
Aujourd'hui, ils sont disparus !
Je ne les vois plus
J'ai voulu retourner à l'école
Et dans la même classe
Pour trouver ma place
Et les enfants de l'impasse
Je suis un être dans des êtres
À Dieu, mon passé céleste
Je te quitte pour suivre ma lettre
Obéir à ce destin qui est mon maitre
Il me dicte ma vie et j'écris ces lettres
Ô Terre des ancêtres ! Tu m'as vu naitre.
Je te quitte comme un traitre
Non, je ne participe pas aux meurtres
Ton sol est propre et neutre
Je ne le salis pas avec le sang des êtres
À Dieu, mon pays, ne t'en fais plus
De m'avoir perdu
Une autre terre va surement
M'adopter ou me rejeter

Quand j'ai fini ce poème, je jetais de pétales de fleurs sur la roche du Rummel espérant que ces fleurs vont pousser un jour pour témoigner sur mon triste départ de ma ville natale. Le soir, je suis partie dire au revoir à tous mes amis.

Disait Mina :

— Qu'est-ce que tu veux dire par adieu ? Elle avait les larmes aux yeux, quand je lui annonçais mon départ, je sentais le cœur lourd pour essayer de soulager sa peine.

— Préfères-tu me voir vivant ou mort ? Je ne peux rien faire, ils ont décidé de me tuer. Lutter contre des forces supérieures à moi ça me fatigue, je vais partir. Ils vont te laisser tranquille. Tu dois redoubler de prudences, car la moindre faute attira leurs châtiments terribles. Je reviendrai, car je ne peux pas laisser ma mère seule. L'heure est grave et je ne peux rien faire, contre ce monstre venu du Moyen-Orient. Je reviendrai d'ici quelque temps, lorsque ce monstre se calme, et en fêtera notre mariage ma mère et tes parents sont déjà d'accord. Ne t'inquiète pas après la pluie le beau temps.

En France :

Arrivant à Paris, j'ai remarqué que cet aéroport représente pour moi la maison du monde, les gens des différentes nationalités débarquent, d'autres quittent Paris. C'est impressionnant de voir mes confrères humains africains, États-Uniens, Scandinaves, Indiens se rassemblent tous dans le même lieu. C'est un grand bonheur de voir tout ce monde à côté de moi et dans le même lieu qui symbolise la mondialisation. Les terrorismes islamistes n'ont pas respecté l'humanité. Ils ont explosé l'Aéroport international d'Alger le 26 aout 1992 , en laissant des milliers de victimes. Aller s'attaquer, à l'un des symboles de la diversité humaine, veut tout dire que ces haineux à la sauce pure ont prouvé avec cet acte barbare qui ne sont pas des humains, ce sont des bêtes sauvages.

Arrive à Reims par train, mes deux sœurs Nadine et Sarah étaient à mon accueil. J'ai été reçu chez ma sœur Nadine. À la fin du diner ma sœur Sarah rentrât chez elle, et la conversation générale prise un autre cours avec ma sœur Nadine qui me questionne sur les évènements qui se sont passé dans le pays. Les questions se prolongent, j'ai tout expliqué à ma sœur jusqu'à l'aube. Ma sœur Nadine m'aime beaucoup et veille sur moi, comme ma mère, mon beau-frère Robert très généreux, il m'achète des cartouches de cigarettes « Marlboro » il connait mes habitudes que j'aime boire « le gin-tonic » qui est ma boisson préfère.

On passe des moments si merveilleux, on va boire

de la bière, dans le club de tir de mon beau-frère, je suis très doué dans ce sport qui ne m'intéressait pas. Les collègues de mon beau-frère étaient étonnés de voir un talentueux tireur, ils ont cru que je suis un tireur professionnel, mais en fait j'ai été un footballeur, et j'ai failli être un professionnel dans le club anglais de « Westham » ; lorsqu'ils m'ont appelé pour faire les tests, j'ai passé mes tests de football en Angleterre avec succés, le club m'a accepté, mais ma mère n'a pas voulu que je pars en Angleterre elle a trouvé que je suis trop jeune, pour aller vivre loin de chez elle. Les entrainements de la boxe anglaise et l'athlétisme m'ont beaucoup aidé pour devenir le meilleur footballeur à Constantine de ma catégorie en dessous de quinze ans. La guerre civile menée par les islamistes a brisé mon rêve de footballeur professionnel. Alors je me suis mis à l'alcool et la cigarette.

Le temps file à toute vitesse, j'ai déjà passé un mois en France, chez mes sœurs Nadine et Sarah. Elles veulent me faire marier pour que je m'installe près de chez elles, mon oncle aussi qui habite à Reims voulait me faire marier avec sa fille, du coup je me suis retrouvé avec plusieurs filles amoureuses de moi. Dans les affaires de famille traditionnelle, les choses ont des aperçus de contrôles, ils s'engageaient dans un plan de conduite qui ne me plaisait pas, parce que tout se faisait avec un raisonnement émotionnel ; mais cette tradition ne trouve pas une signification à mes yeux, car je n'aime pas que mon oncle ou mes sœurs m'intimident et choisis la femme idéale à ma place. Pendant trois jours, j'ai médité avec soin pour remettre les choses dans l'ordre ; le lendemain, je n'y pensais plus rester en France, j'ai décidé de partir en Angleterre chez mes amis, pour éviter ce conflit de mariage.

Ma sœur Nadine est en colère, me disait :

— Ah ! crois-tu que je ne savais pas, que tu vas partir de chez moi, en allant comme un solitaire à l'inconnu, dans une ville où tu ne connais personne ? Efface-moi cette idée de ta tête ! Ta mère t'a confié à moi dont je suis responsable.

— Ne t'inquiète pas ! J'ai de bons amis qui habitent à Londres, ma mère a vendu ces bijoux, elle m'a acheté dix-mille livres sterling pour que je puisse vivre à l'exil en attendant que le pays se calme.

— Es-tu devenu fou ? De circuler avec l'argent liquide, je vais t'ouvrir un compte bancaire et je te rajouterai cinq-mille livres. En attendant que tu trouves une solution.

— Je ne peux pas construire une vie sentimentale sur un terrain qui me rejette. J'ai déjà une fiancée en Algérie et je n'ai rien à faire ici à Reims. Je suis obligé d'aller à Londres, j'aurai plus des facilités de trouver un travail et m'en sortir. Je cherche une stabilité en attendant que la guerre civile s'arrête et je verrai d'ici là si je m'engage pour le mariage ou non. Actuellement, je vis chez toi, je couche chez les uns et les autres. Tellement, j'ai frôlé la mort à plusieurs fois, ma vie a changé de sens et je me suis mis sur les rails d'un autre train de vie vide des passages et il ne s'arrête à aucune station.

Pour moi finit tout ce qui est émotionnel ; les évènements de la vie m'ont obligé de briser la glace pour pouvoir me libérer de toute sorte de conflits et vivre naturellement loin de disputes et des jugements des autres. Je venais d'un pays étiqueté terroriste, il est certes que les gens vont avoir peur de moi si je leur dis que je suis algérien et aucun patron ne prendra le risque pour m'embaucher. Nos dirigeants politiques ont ouvert la vanne à l'arabisation et l'islamisation du pays, ils ont lié un pays qui n'est pas arabe à la ligue arabe : cela nous a mis dans l'embarras sur la scène internationale. Car si les Arabes ce sont les derniers de la classe et nous sommes en train de les suivre cela veut dire que nous sommes les derniers des derniers.

En fin de compte, nous sommes sanctionnés en permanence à l'intérieur et à l'extérieur du pays. Nous sommes confrontés à un problème monumental. Nous sommes valorisés en fonction de notre sous-développement et de notre identité empruntée de l'Arabie, voilà pourquoi j'ai décidé de ne pas rester en France, les séquelles de la guerre d'Algérie ne sont pas encore soignées, rajoutant à cela l'islamisation du pays, tout ça jouera en ma défaveur. Ma sœur était convaincue, elle me disait :

— J'ai tout compris, je te fais confiance, mais aborde la mer sauf si tu sais nager. Tu peux partir en Angleterre si tu le souhaites, et au cas où tu en aurais besoin n'hésites surtout pas à me contacter.

À Paris :

Avant de prendre l'Avion pour aller à Londres, je voulais acheter un cadeau pour Mina, qui est fan du chanteur américain Michael Jackson. Il y a trop de monde aujourd'hui, au Boulevard Hussmann à Paris. C'est fatigant à la fin de tourner dans les magasins pour trouver une chose qui me plaisait. Alors j'ai changé d'avis, j'ai décidé d'aller visiter Paris, un musée à ciel ouvert. Voir Paris c'est comme voir un empire de beauté, chaque façade est un chef-d'œuvre qui attire l'admiration des passagers, l'art architectural est fascinant, on le trouve partout dans toutes les rues de Paris. Je me promenais tranquillement dans les rues de Paris, quand je suis arrivé à côté de Saint-Michel Notre-Dame. Soudain, un fort bruit a envahi la zone, il m'a bouché les oreilles, puis tout le monde commença à crier et courir pour s'échapper de cet attentat terroriste. La force de la bousculade des gens m'a fait tomber violemment sur le trottoir.

Le bruit des pas battait le sol, et se mit à taper dans mes oreilles. La foule de gens m'a écrasée comme une salade. Je n'avais presque plus de force pour me relever, je suis traumatisé par ce terrorisme qui me suit par tous ! J'ai besoin d'aide, et je n'ai plus la force pour crier et être entendu, alors je me suis soulevé délicatement du sol. Soudain, j'ai entendu un hurlement d'une voix humaine :

— Dépêchez-vous, circulez, circulez. Une petite bouteille, est passée à côté de ma jambe et s'éclata sur le sol, produisant un horrible bruit, je pensai que c'était une grenade lancée contre moi, par les terroristes, mais c'était qu'une petite bouteille de bière jetée pour évacuer la foule. Un homme en manteau noir poussa les gens avec ses coudes, et cracha à tâtons on dirait un monstre qui se relâchait contre les gens. Son visage était enflé et rouge, il agitait la tête comme s'il avait eu la nuque brisée et sa barbe se balança à chaque secousse de sa tête. Il arriva vers moi pour me porter secours :

— Est-ce que tout va bien ? me disait-il.

— Je suis tombé, mais rien n'est grave monsieur.

— Que puis-je faire pour vous ?

— J'ai cru avoir une entorse à la cheville et j'ai du mal à marcher. L'homme en manteau noir :

— Venez avec moi ! ça risque de s'exploser encore.

Les gens me regardaient, ils n'ont pas bougé d'un poil, l'homme au manteau noir m'a tiré doucement par la main, et pour me tenir debout il a mis mon bras sur son dos. L'homme n'avait pas l'air de s'en apercevoir qui ne peut plus me soutenir longtemps, tellement il se força à marcher, on aurait dit qu'il essayait de placer les deux pieds en même temps ; une odeur bizarre se dégagea de son lourd manteau comme de l'acide, ce qui est plus écœurant. J'ai marché en boitant, m'appuyant plus sur ma jambe droite, on a traversé le long du quai de la seine ; un chemin vague et étroit garni par un ensemble de lampes rurales, une zone touristique bâtit avec de grosses pierres, les voutes témoignent de l'ancien dock maritime de Paris.

De mauvaises herbes poussent tout au long de la seine. Nous voilà arriver vers le lieu après quelques centaines de mètres. L'abri est situé dans un endroit discret, une cave très bien entretenue même la porte d'entrée est dans un parfaite état. Je crois que c'est un ancien dock de marchandise abandonné. À l'intérieur, le lieu est grand, meublé de tous et de n'importe quoi.

— Soignez bien votre cheville et ne trainer pas dehors, rentre directement chez toi.

Je m'appelle Alex, ça fait une dizaine d'années que je vis dans cet endroit, la municipalité a toléré ma présence ici, avec un contrat amical renouvelable chaque deux ans ; à la seule condition, je dois garder le lieu propre et je ne cause pas des problèmes. Alex est parti fouiller dans une armoire, cherchant quelques morceaux de sucre, du café, des gâteux. Puis, il est parti me chercher du sel, pour que je fasse le bain de pied dans une bassine d'eau chaude salée, une ancienne méthode pour soigner l'entorse de la cheville. Je sentais qui n'était pas agressive, ce n'était rien comparé à ce qu'il est.

— Je m'appelle Samir, actuellement je vis chez ma sœur à Reims, je suis venu à Paris pour me promener. La mort me suit par tous, je viens de quitter l'Algérie pour m'échapper aux attentats et aux menaces terroristes, du coup je faillis perdre ma vie toujours par le même ennemi. Va comprendre Charles !

— Le terrorisme n'a pas des frontières ni de religion c'est une doctrine luciférienne. Disait Alex.

— Exactement, c'est la descendance de Caïn qui veut chasser la descendance d'Abel.

La méthode alternative entre l'eau chaude salée et l'eau glacée m'a soulagé la cheville. Cette blessure m'a fait perdre le temps. Le dernier avion en direction de Londres part à dix-neuf heures, je me suis dépêché pour me rendre à l'aéroport, je disais au revoir à Alex, et je suis parti vite pour prendre le métro en direction de l'aéroport de Charles de Gaulle. Soudain, j'étais persuadé que j'avais oublié ma petite sacoche de papier chez Alex. La nuit est tombée à présent, les forces de l'ordre en masse dans les rues de Paris dû à l'attentat terroriste, les autobus circulent presque à vide, bien sûr il est tard. Je suis retourné voir Alex pour retrouver mon passeport et en même temps pour découvrir cet homme bizarre.

Quand je suis arrivai, il m'a demandé d'un air plaisant :
— Viens-tu de l'Algérie ?
— J'ai oublié ma sacoche de papier
— J'ai appris de mauvaises nouvelles sur ton pays, me dit-il, tant de choses qu'à la fin je ne savais plus quand ils devraient arrêter ces massacres en Algérie. Disait Alex.
— Je vous remercie de l'inquiétude que vous apportez pour le peuple algérien qui souffre en ce moment.
— Votre sacoche est posée sur la table.

Pour récompenser son honnête, je lui proposai de venir diner avec moi, dans le Bar restaurant de Saint-Michel. L'homme ne veut pas sortir à cette heure-ci, il m'annonça qu'il attendait quelqu'un et donc c'est lui qui m'invita à diner. Je commence à avoir faim et il n'y avait rien à manger. Alex était pensif et triste, il n'arrête pas de me répéter :
— De la patience…de la patience… on va manger un bon repas ce soir.
— Je vais aller chercher des sandwichs.
— L'impatience est un vilain défaut et c'est ça qui m'a ruiné, patiente un peu ! Soudan, une très belle femme

élégante, bien habillée, venue lui amener le diner.

— Je n'ai pas le temps pour te servir, disait-elle à Alex :

— Je dois y aller pour fermer le restaurant. Elle a embrasé Alex en lui disant :

— À demain, mon père.

— C'est ma fille ; elle tient un grand restaurant, j'ai ruiné son mari. Et maintient, tu vas manger un repas livré par un restaurant orné de deux étoiles. Je te l'ai dit, patiente, mais tu ne m'as pas cru. Le repas était un délice, j'ai aimé les coquilles saint Jaque, et le fromage des grands chefs « Brie de Melun » avec une bouteille du vin bordelais c'était un repas des Rois.

— Il me semble que ta fille a l'air riche, pourquoi elle ne te prend pas avec elle ?

— J'ai été sûr que tu me poseras cette question, mais les choses ne sont pas si faciles comme tu le penses. L'un des grands châtiments de l'homme, c'est lorsqu'il abandonne ces devoirs et ces responsabilités. Je ne devais pas abandonner mes enfants, mais Dieu seul sait ce qui m'était arrivé. J'ai bien peur que tu ne saches pas dans quoi tu t'engages ici en Europe ! Me demanda-t-il ?

— Je ne suis pas venu ici pour vivre en Europe. Je suis venu m'abriter des massacres, je retournerai en Algérie lorsque la guerre civile finira, j'ai ma fiancée qui m'attend pour le mariage. La guerre finira bien un jour. Pour moi, c'est d'ailleurs une question de vie ou de mort les choses sont décidées, et maintenant je ne peux plus faire marche arrière.

— La guerre ne finira jamais. J'ai été sur une affaire lucrative et maintenant je suis devenu un musée de la misère. Je voulais changer mon vécu de façon à réussir mon bizness. Je me suis fait piéger par mon propre engagement ! J'ai multiplié la mise sur mes affaires, j'ai joué le jeu en croyant être vainqueur. L'envie m'a fait oublier les conseils de mon professeur qui me disait :

— Personne ne te donne son argent. Celui qui te nourrit avec son argent il mourra de faim avant toi. Donc je n'arrivai plus à couvrir l'argent emprunté ; et tellement j'ai trop d'occupation dans ce système financier je me suis écarté de ma famille, car je ne m'en sortais plus avec les factures, les endettements, les salaires de mes employés. Puis l'autre partie de ma vie ne fonctionnait plus. Une petite promenade avec ma femme et mes enfants est devenue un rêve pour moi. Les huissiers ont saisi même ma maison que mes parents m'ont laissée en héritage. Je me nourrissais de l'eau, de la soupe avec le pain dur. Le docteur signala à ma femme que nos enfants sont mal alimentés. Je n'avais aucun moyen pour payer le docteur. J'ai vendu tous mes meubles pour nourrir mes enfants, j'ai été déjà un sans-abri chez moi, je couchais sur le sol de mon salon dans une maison luxueuse que je venais d'acheter. Mes enfants ont eu du mal à comprendre ce qui m'était arrivé, ils ont ouvert les yeux deux fois pour vérifier lorsque je me suis écroulé contre moi en pleurant, ils ont eu du mal à concevoir cette image. Ils m'ont vu que je suis devenu un monstre échappé de l'enfer.

J'ai entendu leurs cris. Ma femme a pris l'avion la veille avec mes trois enfants pour aller chez sa mère à Nice, et depuis qu'elle est sortie n'est jamais revenu. Notre civilisation fonctionne avec l'argent et le pouvoir d'achat. Ce système a remplacé la misère par la pauvreté, voilà pourquoi on trouve aujourd'hui des mendiants comme moi dans plusieurs villes européennes. Car lorsque tu ne tiendras pas dans ces marais la vague te rejettera de ce monde des requins, ensuite plus personne ne t'écoutera, chacun est occupé à sa noyade. Disait Alex.

— Mais j'en ai déjà fait une analyse sur ce sujet en tenant compte de sa gravité, je suis conscient de ce système construit sur le pouvoir du vouloir, malheur à celui qui ne s'accroche pas.

— Ici, la guerre est dure depuis très longtemps entre le capitalisme et la démocratie. Je ne te souhaite pas que tu fasses ta vie ici, ne m'en veux pas si je contredis ton rêve. Rassure-toi, je ne suis pas raciste. Ce sont les enjeux de ce monde qui peuvent te déshumaniser, tu es trop jeune pour pouvoir manger avec les loups. Je suis devenu un sociologue sur place, les gens ne veulent pas me voir, car je symbolise la misère, cependant c'est la misère qui ne veulent pas voir. Lorsque j'ai été chef d'entreprise, bien habiller dans une belle voiture, les gens me souriaient, et pourtant je ne les connaissais pas. C'est l'apparence qui sensibilise les gens ! Tu vois ce que je veux dire, tu es dans une société capitaliste accroche toi si tu peux ! Certains virages sont mortels, tant qu'on ne les a pas vécus, on ne peut vraiment pas savoir à quoi correspond la chute. Lorsque tu te retrouves en bas de l'échelle dans la pyramide de Maslow, tu comprendras qu'on ne doit pas faire d'excès de consommation, on doit vivre selon ces moyens. Pardon, jeune homme :

— Je vais réchauffer le café, et je reviens. Après il me fixa les yeux, en me disant :

— Attention aux faux plans, la chute est mortelle dans notre civilisation ! Je pourrais peut-être t'aider, et ça tombe bien si tu pars à Londres, j'ai mon fils qui tient une Brasserie nommée, Saint-Quentin près du grand magasin Harods. Je te laisse ma photo, comme ça quand tu vas lui montrer cette photo, elle te servira de preuve que tu venais de ma part.

— Vous êtes très gentille. Vous m'avez sauvé et en plus vous m'avez facilité le chemin pour Londres. Tous tes enfants tiennent-ils donc des restaurants ?

— Ils ont hérité la fortune de leur mère qui venait d'une femme très riche.

Alex dort déjà sur son canapé. Lui qui a perdu sa famille et toute sa fortune ! Il m'a appris beaucoup de choses, le hasard et la vie restent la meilleure école. Quant à moi, je me suis allongé sur le fauteuil mes pieds posés sur la table tout en pensant sur le vécu de ce vieil homme arrivé jusqu'au bout de la réussite, mais la chance n'a pas été de son côté ; je ne sais pas si la chance existe ou pas, je suis loin de comprendre cette énigme qui me dépasse.

Au bon matin, les premières mouettes arrivent sur le fleuve de la seine, ils m'ont réveillé et ça tombe bien, car je dois prendre l'avion pour aller à Londres. Je remerciai Alex de m'avoir sauvé la vie, ainsi que pour tous ces conseils, je lui saluais :

— Je passerai te voir un jour.

— Bon courage : me disait Alex. Puis je continue mon chemin vers Londres.

À Londres :

Une fois arrivé à l'aéroport de Heathrow, l'agent tamponna mon passeport en apposant la date jusqu'à laquelle je pourrai rester sur le territoire Britannique ; et le visa se fait sur place, pour nous les Algériens on a six mois de visa. Une fois ces étapes terminées. J'ai acheté une carte de métro au prix de cinq Livres sterling dans les machines automatiques puis j'ai pris l'Underground pour aller au nord de Londres au quartier Neasden près du célèbre stade Wembley.

Je suis arrivé le soir, mes amis m'attendaient déjà, ils étaient trois dans le pavillon, ils m'ont préparé un bon repas à mon honneur, puis l'on a passé la nuit discuter sur le malheureux destin de notre pays. Nous étions tous d'accord que c'est la faute de la tyrannie du président Boumedien qui n'a rien trouvé de beau pour notre pays que de nous amener ce monstre dévastateur du Moyen-Orient chez nous en Algérie.

Aujourd'hui, nous sommes en train de payer le prix de cette arabisation de l'Algérie, duquel une partie du peuple se fait assassiner par le terrorisme islamique, une autre est devenue folle. Et nous, nous sommes devenus des émigrés en occident ; nous avons fui le colon arabo-islamiste qui veut installer son système califat en Algérie coude à coude, et il est près de tuer tous les Algériens ; c'est exactement comme ils ont fait les Califes sanguinaires auparavant lorsqu'ils ont fait les conquêtes arabes pour installer la tyrannie califat. Tous mes amis sont conscients du problème et de sa gravité.

Voilà pourquoi je m'entends bien avec eux, l'on partage ce pavillon entre moi et mes trois amis d'enfance ; deux étudiants en droit et un artiste-chanteur. La colocation m'a aidé pour économiser une somme non négligeable durant mon séjour à Londres tout en choisissant les solutions les plus adaptées à mon budget.

Dans mes premiers jours à Londres, je n'avais aucune idée de ce que je devais faire, j'ai donc annulé toute activité pendant deux jours environ, pour me décontracter et rafraichir mon esprit. Après avoir passé deux jours sans rien faire, j'ai soudain pris conscience du fait qu'il me restait une semaine pour trouver une solution, mais dans un premier temps j'ai décidé d'aller visiter Londres. J'ai pris l'autobus à étage pour que je puisse visualiser les rues et découvrir Londres. Les panneaux lumineux fixés sur les façades de la place de Piccadilly Circus donnent l'envie de vivre. Partout où l'on tourne la tête, notre vue fut trempée dans cet océan d'urbanisme, qui nous fait découvrir autant d'ouvrage architectural et avec différents styles d'architecture victorienne, gothique, baroque, byzantine, et gréco-romaine et haussmannienne ; on dirait que tous les architectes et les artisans de bâtiment du monde se sont réunis ici à Londres, pour bâtir ce gigantesque musée d'art.

Chaque façade est originale, mais ce qui se trouve à l'intérieur de chaque bâtiment est encore plus fascinant. Tous ces différents styles architecturaux ont embelli l'univers londonien, la ville est nommée la capitale du monde, tout y est pour la diversité culturelle. Le bus passe au grand boulevard d'Oxford Street, c'est l'avenue la plus populaire à Londres croisée avec de grands quartiers à gauche comme à droite décorée par différentes vitrines commerciales d'une inspiration anglaise. Je me suis dit :

— Pourquoi le projet islamiste ne construit-il pas des villes brillantées comme Londres, au lieu de détruire des pays entiers avec le terrorisme ? Ceci prouve que le projet islamiste est un plan destructif.

Quel que soit notre âge à Londres on devient comme un enfant qui s'éclate de joie en voyant tous ces animations dans cette ville de football et du Rock'n'roll, la ville des fêtes, des spectacles, et aussi plusieurs ethnies habitent dans cette ville cosmopolite, les grands hommes de ce monde ils ont vécu à Londres comme Charles de Gaulle, Nikola Tesla, Albert Einstein, Beethoven et j'en passe. Me voici à Westminster sur le fleuve de La Tamise enfin en face de Big Ben. Je quittais le Hyde Park après ce magnifique circuit, touristique. Je commençais à me préparer, pour aller chercher un travail, car ma réserve d'argent peut me garantir uniquement deux ou trois mois dans une ville où tout est cher.

Le lendemain, je me suis réveillé du bonheur, bien habillé pour aller affronter la première étape de mon objectif. J'ai pris le bus pour me rendre au quartier Kensington. Une fois arrivée au restaurant français de Saint-Quentin, j'ai demandé à un employé si je peux me permettre de voir le manageur pour lui demander un travail qui serra pour moi l'occasion pour payer mon loyer. Le propriétaire du restaurant portait un tablier blanc, il était tout petit, d'apparence en bonne humeur, très gros, avec un ventre ballonné ; après un court dialogue, le partant de la brasserie était heureux lorsque je lui ai monté la photo de son père Alex. Je lui parlai rapidement sur mon cas. Il m'a demandé de passer le soir une demi-heure avant la fermeture pour qu'il puisse m'expliquer le travail qu'il va m'offrir, j'ai été très content ! Première demande d'emploi première offre, Alex m'a beaucoup aidé avec son coup de la photo. C'est génial surtout lorsqu'on trouve un travail à Londres.

Me voici dans une ville qui ne connait ni mon vécu ni mes problèmes, mais en fin de compte seul le destin déterminera ma présence ici à Londres. Ma vie me semble séparée de la constance, je vis comme un fugitif qui ne cherche qu'à fuir cette bête sauvage du terrorisme islamique. Peut-être par la suite je pourrai faire de nouveaux amis, dans cette grande ville. Après avoir trouvé un travail, mon deuxième objectif est de faire des amis. Donc je commençai à fréquenter les pubs anglais.

Quand la fête me fait convoitise, je vais me promener autour des Pubs anglais à Richmond. C'est un quartier prospère et ivre de vie. Devant les Pubs anglais, le son des différents musiciens tourne en plein régime. Je me suis habillé comme un gentleman au détail près, avec un mocassin italien qui convient à mon pantalon flottant à bretelle, une cravate tenue avec une pince en or portée sur une chemise blanche, sur mon gilet on voit la chaine de ma montre de poche, ma veste est fermée. Mon manteau ultra long attire l'admiration, j'ai gardé ma coupe de cheveux longs, ma barbe à moitié rasée, je me suis présenté avec élégance dans les rues chics de Richmond.

Les femmes sont plus nombreuses, elles se promènent par petits groupes. Une belle femme m'a remarqué j'étais certain qu'elle pensait à moi, je lui avais plu. Je l'ai invité à m'accompagner sur la terrasse, loin des bruits de la musique, elle a accepté mon invitation. Puis, nous avons diné dans un restaurant avec ces amis, et au fil du temps, je me suis fait beaucoup d'amis qui aiment mon accent anglais qui est un peu du French, mais pour moi c'est le début d'une nouvelle vie.

J'ai raconté ce qui m'était arrivé à mes nouveaux amis qui veulent me découvrir pour qui aient une vraie version sur moi. Mais ce niveleur de temps ne laisse à notre mémoire que les souvenirs les plus agréables : mes tournois de football, mes souvenirs d'enfance, le cauchemar du terrorisme, c'est ce que je me rappelle le mieux. J'ai été très heureux à Londres, j'ai un bon travail, de bons amis, j'ai même des amis policiers, l'un de mes amis policiers m'a loué un petit pavillon à Hounslow Road à Felham près de Richmond.

À la sortie de mon travail à quelque pas de Kensington Garden, j'ai rapporté un sac à une femme qui l'avait oublié sur un banc d'un jardin public. Mais dans l'état qu'elle m'a vu, bien habillé, bien rasé et parfumé, comme toujours, car le travail que j'effectue dans le restaurant m'oblige à être toujours élégant. Dans le sac se trouvait une chose qui vaut aux yeux de cette femme tout l'or du monde, c'est le médaillon de son frère unique qui est mort. Tellement, elle était contente de trouver son sac, elle m'a invité à boire un coup avec elle.

Après une longue discussion dans un pub, je me suis fait connaitre par Carine. On est sorti plusieurs fois aux restaurants et aux pubs, elle a compris mon vécu, et elle m'a invité chez ces parents à Epping ; c'est une chrétienne croyante, ces parents savent qu'elle sortait avec moi, ils veulent me découvrir.

Carine me disait qu'elle faisait du bien pour financer les puits d'eau en Afrique ; pour que Dieu pardonne les pêches de son frère mort par la consommation de drogue, je trouvai ça vraiment intéressant, ça m'a donné envie de m'investir dans son association. Je me suis dit: — Il est important de rencontrer une femme qui porte l'humanité sur sa tête, mieux qu'une femme qui porte le voile sur sa tête.

Fiction :

J'ai téléphoné à ma mère pour avoir de ces nouvelles. Elle m'annonce l'assassinat de Mina et ces parents dans un faux barrage routier, mener par les terroristes islamistes. J'ai vu noir autour de moi, ce jour-là, j'ai senti que ma vie c'est arrêtée, je commençai à maudire le responsable qui nous a jeté cette pieuvre venimeuse dans notre pays. Ah ! mon Dieu, donnez-moi un peu de force ; je voudrais bien arrêter l'expansion de ce poison qui a tué Mina et beaucoup d'Algériens. Pourquoi ils ont tué mon amie, elle était une grande dame par son intelligence, si considérable, elle tenait une si grande place dans ma vie, qui était le centre de tant des choses et de projets pour sauver notre pays coloniser par les arabo-islamistes ?

Pourquoi notre pays continué à vivre ce cauchemar ? À l'heure où le monde est en train de vivre la plus brillante civilisation dans l'histoire humaine. Je ne sais pas quoi faire, je me suis mis à boire de l'alcool. Mes amis qui habitent avec moi dans le pavillon m'ont apporté un soutien moral. Malgré ce deuil, le lendemain j'ai décidé de prendre ma moto en allant visiter les parents de Carine comme c'était prévu.

À l'est de Londres, sur la route d'Epping High Road, la moto a glissé sur le sol, elle m'a jeté brutalement d'une dizaine de mètres, je me suis retrouvé écrasé dans un ravin rempli d'herbe. Je mis presque deux heures pour me réveiller au chant des oiseaux, avec quelques rayons de soleil et des odeurs de pin, de chêne et de la terre humide ; puis une buée continua à s'évaporer dans la ville du brouillard Londres. Soudain, je ne voyais rien, j'ai quitté le ravin, et j'ai poursuivi mon chemin dans la forêt, cherchant une sortie qui m'amène vers la route dont je ne l'a connaissé pas, et je ne savais pas quelle direction que je devrait prendre. Je me suis livré au hasard. J'avais une seule envie de trouver un moyen pour téléphoner et prévenir Carine.

Dans les champs, j'essayais de marcher le plus près possibles à côté des buissons et des aires pour ne pas tomber dans les fondrières. À force de trop marcher, mon pied commence à gonfler, est devenu lourd, j'ai senti que j'ai une phlébite dans ma jambe gauche à cause du choc de l'accident. Je me suis retrouvé au milieu des arbres, et finalement la nature par sa forme ambigüe décida réellement de me défier. L'orage m'annonça une forte pluie. Le vent à son tour poussa violemment les arbres. Soudain, un rideau de pluie accompagné par la foudre tenta de me chasser, et le vent essaya de me soulever. Je commençais à me sentir fatiguer comme un bateau qui n'a pas trouvé son port.

La forêt est recouverte d'une brume très dense, dans un monde blanc vide de toute couleur et forme. J'ai commencé à avoir peur, même mon ombre ne veut plus me suivre. Soudain, un aigle se trouva près de moi je l'ai suivis et au bout de quelques mètres j'ai trouvé la surprise, une cabane abandonnée. J'ai couru plus vite que je pouvais, jusqu'à ce que je n'ai plus de souffle, et même un loup n'aurait pas pu me rattraper.

Ma jambe se gonfle de plus en plus et je n'arrive plus à la faire bouger. L'obscurité de la nuit a effacé mon champ visuel, l'endroit est devenu un peu comme un tunnel noir ; la tempête se leva, l'orage s'éclata au moment où je suis rentré à l'intérieur de l'abri, puis le vent se mit à souffler et à mugir.

J'ai eu la peur de ma vie, on peut dire que je vivais hors de moi-même. J'ai gardé mon silence ! Mais la peur progressa et domina mon corps, puis cette peur commença à diagnostiquer sur tout ce que je tenais à cacher, durant toute ma vie est révélée. J'ai distingué le moindre mal que je faisais auparavant, j'ai voulu appeler au secours ! mais la parole est restée prisonnière dans ma bouche.

J'ai cru voir l'ange de la mort qui venait chercher mon âme, puis un rayon lumineux comme un phare venait balayer mes yeux. Soudain, toute l'obscurité est devenue blanche, j'ai vu des montagnes blanches, de la fumée blanche, des nuages blancs, qui m'entourent. Puis un chemin se traça jusqu'à moi, et au fond de ce chemin, il se trouve un château blanc cristallisé. Je me disais :

— Est-ce que je suis au paradis ou dans un monde mystérieux ? J'ai senti les pas d'un cheval qui galopait et s'approcha de moi. En me disant :

— Tu es sur la terre du peuple blanc, un terrain qui n'accepte aucune couleur et surtout le noir. Notre terre blanche possède un volcan nucléaire, et notre arsenal nucléaire se trouve chez l'ours blanc russe. Notre arme nucléaire est faite pour bruler toutes les couleurs et rendre notre planète blanche comme la lune, pour pouvoir rejoindre l'union des étoiles blanches qui brillent dans notre univers. Nous vivons dans une vraie guerre, entre le trou noir de l'univers et le rayon blanc de notre galaxie. Le désastre de la guerre mondiale est passé, il restait quelques règlements des comptes entre la mafia et les religions, on s'engagera à la guerre de l'univers, après la fin de ces règlements de comptes.

Le monde ne se rend pas compte de menaces de l'éclipse qui annonça le début de la guerre, et les couleurs de l'arc-en-ciel seront soumises aux normes de l'ombre de l'obscurité. Le pôle Nord qui nous sert pour couvrir les couleurs que nous ne pouvons pas bruler comme les occidents, notre ennemi commence à nous faire des menaces en effondrant nos icebergs pour que la terre ne soit jamais blanche. J'ai demandé au cavalier :
— Que puis-je faire pour être accepter sur votre terre ?
— Vous n'êtes pas blanc et vous ne serez jamais accepté, vous serez mis en prison. Sa Majesté ne tolère aucune couleur surtout tes cheveux noirs. Ensuite, il m'a conduit à la prison de son royaume blanc. Le Cavalier hurla d'un air foudroyant à ses hommes :
— Amenez-le au cinquième étage du sous-sol pour qu'il puisse s'intégrer du plus bas niveau jusqu'au plus haut niveau. Ce système d'intégration progressive est nécessaire au fonctionnement pédagogique du royaume blanc.

Personne ne souffre dans cette prison, elle est faite pour préparer les futurs soumis. L'esprit des esclaves n'est qu'une page qui sert pour numériser les ordres d'une intégration dictés par les maitres de ce royaume. Les prisonniers sont jugés de faibles esprits, ils sont considérés de sous-hommes, ils servent uniquement pour porter le poids du trône. L'oligarchie s'en chargera de la survie des esclaves. Car si le bas fond de la société qui porte le poids du trône n'existe pas, le trône ne tiendrait jamais.

Le roi cherchait un homme blanc né en Afrique et qui connait les pièges de l'obscurité, pour effectuer son plan stratégique. Disait le roi à son cavalier :

— Je bâtissais un grand empire, mais il me manque un expert de tunnel noir. Le cavalier lui proposa une solution.

— Le seul expert de l'obscurité, qu'on possédait actuellement dans notre royaume, c'est un prisonnier qui venait de l'Algérie, ses connaissances et son vécu ont fait de lui un spécialiste de tunnel noir. Le roi décida de me voir.

— Envoyez-le-moi, je veux le voir. Le cavalier venait me voir pour m'annoncer : qu'il y a de la place pour moi dans le château du roi. J'ai confirmé au cavalier mon accord.

— Il aurait en moi le plus poser des sages, je lui serais bien utile pour lutter contre l'obscurité, libérer l'humanité de cette obscurité est un devoir. Il sera mon roi de la lumière et je serai son soldat du jour.

Un discours tourna entre le roi et ces conseillers, c'est le plus mûr que je puisse connaitre. Un discours entre l'esprit et la matière, entre l'image et l'apparence, entre l'idée et l'action, entre le mot qui décrit la chose et le travail qui crée la chose. Les grands seigneurs arrivaient successivement dans la cour royale de Balod qui parle sur un certain affrontement contre le roi noir Narod.

Le Tamtam du grand tambour faisait signe de la

guerre. Si le plan du roi Balod manquait de finesse, il risqua de perdre la bataille. Le roi Balod avait écrit cinq pages pour chaque membre de son équipage assez emphatique, une sorte d'ordre stratégique concernant le rôle de chaque pièce sur l'échiquier. Le cavalier est un vieux chirurgien-majeur et en même temps c'est un évêque. Puis le génie de la géométrie diagonale est connu sous le nom de fous ; quant à la tour, elle est chargée de guetter tous les axes verticaux et horizontaux, le pion à lui servira pour protéger les sages, et seule la reine dispose de tous les pouvoirs. Le cahier de stratégie du roi est toujours fermé à clé pour garder en toute sécurité la stratégie de l'échiquier, seul le roi dirigera la bataille. Disait Balod à ces membres :

— La position de chaque membre sur l'échiquier demande beaucoup de force et de volonté, comblée de la veille technique de nos ancêtres. On a fait dix ans de préparation pour en finir avec le roi noir Narod ; il faut le mettre en échec et mat. Soudain, le cavalier blanc s'approcha de son groupe de pions d'échiquier et cria.

— On doit détruire leurs obscurités.

La bataille s'approcha, et le monstre de la nuit commence à crier de mi-voix le nom de Balod, des larmes généreuses viennent mouiller les yeux bleus de Balod à la mémoire des albinos emprisonnés sur le territoire noir d'Afrique. Le cavalier fit un signe de loin à Balod pour qu'il reportât la bataille, dans ce moment d'inquiétude quand le Roi parle tout le monde écoute avec les yeux baissés. Les prières de l'évêque ont apaisé les esprits de cette bataille. Puis le cavalier s'approcha de son roi, et lui murmura dans l'oreille de ma présence dans sa cour royale.

Le roi ne me fait pas confiance, car je suis originaire d'un pays africain ; le cavalier connait mes mérites que je suis un expert de l'obscurité ; depuis la décennie noire qu'elle a détruit mon pays. Le roi Balod passe dans un salon voisin, son cavalier l'évêque le suivit. Balod n'aime pas les poètes. Disait le roi à son cavalier :

— Je vous en avertis : c'est la dernière fois que je le voyais dans la cour. Il ne rentre pas dans notre plan. Il nous faudrait plutôt un jeune guerrier brutal, un monstre affamé de la guerre qui méprise le royaume obscur, un guerrier qui n'aime que la lumière ; toujours prêt à se souler de la blancheur. Celui-ci est plus doux, je crois qu'il aime la paix et la poésie. Le cavalier rassure son roi :

— Il est puissant, mais il n'est point agressif, il maitrise plusieurs langues et il connait certains évènements historiques ; et vous honorera comme un savant. Le roi ne veut pas de moi.

— Il parle comme un perroquet, pour approuver tout ce qui est déjà existant, et la guerre, qui devrait affronter il est incapable de l'assumer, il ne peut pas rentre dans cette diminution de la conquête ? Le cavalier insiste.

— En effet, ta majesté fut merveilleuse : tu discutes avec courtoisie ; tu aimes la sagesse, ton cœur s'illumine à la parole de qualité et il s'émerveille par les grands œuvres des héros. Il serait temps de lui donner la chance pour qu'il nous rejoins, son expérience sur le tunnel noir vous aidera à gagner la bataille contre l'obscurité, il vient du pays de Saint Augustin et de la plus ancienne civilisation sur terre le Tasilli.

Le roi et son évêque retournent à la cour royale pour honorer les disciples de la dynastie blanche. Autour d'une table familiale se trouvait trois brillantes femmes, la reine Wetta on l'appelle la lumière de la stratégie, mais en qualité de géométrie les deux tours font honneur. Le roi a cité mon nom en affirmant que je fais partie des siens, et il comptait sur moi pour briser l'obscurité du tunnel noir. Le roi demande ma rencontre pour m'interroger et découvrir mon résonnement.

— Que faites-vous dans la vie ?

— Je suis un poète, ma langue est un félin dans la jungle des mots. Le roi qui n'aime pas la poésie commence à tester mon raisonnement, il m'a posé des questions pédagogiques.

— Lequel préférez-vous, entre le savoir et l'intelligence ?

— Le savoir se garde dans la mémoire, il est limité dans le temps. Seule l'intelligence pourra développer notre savoir.

— Et comment peut-on mesurer l'intelligence ?

— L'outil de mesure de l'intelligence c'est la vitesse de la réflexion. Un esprit cartésien est très actif, il est capable de résoudre rapidement le problème, contrairement à l'esprit opaque qui refuse la pénétration de la lumière, il sert uniquement pour en magasiner la mémoire, tellement il est renfermé il ne pourra pas comprendre le problème ni proposer des solutions. Et c'est comme ça que mon pays est tombé dans la décennie noire, par manque de lumière, les islamistes ont endormi son esprit par l'opacité.

— Vous, que vous venez de l'Afrique noire, que dites-vous du noir ?

— Je suis né dans cette Afrique noire, en fait elle n'est pas noire, c'est un jardin composé des différentes couleurs. Le noir qu'a envahi mon pays venait du Moyen-Orient et non pas de l'Afrique, c'était comme un voile qui est tombé sur mon pays pour couvrir sa beauté et imposer son obscurité. Ce noir nous a empêchés de voir notre origine disparue dans l'obscurité qui n'aime pas notre lumière ni notre vérité. La lumière est notre unique source de visibilité, mais, comme on ne veut pas affronter ce combat contre l'obscurité, on est resté aveugle.

— Il est dit, dans une de nos histoires, une fleur ne donne pas son allure quand elle est dans un milieu obscur, qu'elle est la solution proposée pour rendre cette fleur visible ?

— Il y a une différence entre voir et sentir, l'aveugle ne voit pas, mais il ressent. On est fort lorsqu'on sent notre force et non pas lorsqu'on croit à notre force. Celui qui croit à sa force visuelle il s'arrête dans la façade. Cependant, celui qui sent sa force visuelle pénètre dans l'élément, et devient un visionnaire grâce au plus grand miracle qu'on possède, la lumière de l'esprit. Donc celui qui néglige l'esprit sera d'une manière ou d'une autre aveugle, car l'esprit est un cadeau du ciel offert par Dieu à l'humain. Celui qui jeter ce cadeau se perd dans l'obscurité. La solution se trouve dans la science qui est notre sauvegarde de l'aveuglement et notre lumière résulte de la somme de notre savoir.

Le roi qui est de confession chrétienne m'a demandé une explication, sur la secte islamique, et la différence entre la mosquée et l'église. Je levai mes yeux au ciel, pour qui m'aide à exprimer ce thème complexe, très long à expliquer et difficile à décortiquer :

— Sacrée majesté, je vous dirai d'abord que les islamistes sont bien éloignés de la religion prophétique et la raison. Le polythéisme domine la culture arabe depuis la nuit du temps jusqu'à nos jours. Rien n'a changé entre l'idolâtrie des Arabes préislamique et l'islamisation des Arabes de nos jours, il y a que les noms des idoles qui ont été changés, pour le reste c'est exactement la même chose. Les Arabes préislamiques avaient des idoles en matière comme (Houball, Al-lath, Uzza, Manat…etc.) chaque tribu imposait son idole à l'autre, du coup les Arabes ont vécu des guerres tribales entre eux durant toute leur histoire. Aujourd'hui, les Arabes possèdent des idoles d'esprit comme les califes et leurs théologiens, puis chaque doctrine islamique déclarer la guerre à l'autre pour imposer ces idoles spirituelles.

Cette guerre des Califes a commencé dès le début de l'islam jusqu'à nos jours. Il n'y a pas de différence entre l'église et la mosquée, à l'église on trouve des statuts en pierre et qui sont visibles à l'œil nu, à la mosquée on trouve des statuts invisibles à l'œil nu, mais ils sont toujours présenté comme idoles, ce sont les Dieux de musulmans comme les théologiens, les califes, les chefs militaires qui ont fait les conquêtes arabes. Tous ces statuts se font glorifier et sacrifier par les musulmans dans chaque serment de vendredi. Quand la lumière de la vérité n'éclaire pas assez fort ce sont les populations qui deviennent aveugles. Dans cette obscurité, la notion de la mosquée est ignorée par les musulmans, car le coran dit dans le verset 18 de la sourate d'El Jin « Les mosquées sont consacrées à Dieu : n'invoquez donc personne avec Dieu », mais les musulmans font le contraire de l'islam prophétique. Ils idolâtrent les noms des califes et leurs théologiens dans la mosquée transformée à un temple arabe pour arabiser les populations vaincues par les Arabes.

Puis, le roi m'a regardé de la tête au pied, il s'approcha de moi et m'aborda avec un grand sourire.

— Je juge qu'ils sont également insensés ; mais la lumière ne craint pas les absurdes. Celui qui ferme ces yeux pour la lumière, il nuit à ces yeux et non pas à la lumière, et celui qui ferme son esprit au verdict, il nuit son esprit et non pas à la vérité. L'homme est venu d'ici-bas pour grandir avec le savoir et récolté avec le travail. Suis-moi je vais te montrer nos récoltes.

— Nous sommes en retard par rapport à nos travaux, regarder ces grandes fourmis biologiques chacune fait la taille d'un wagon, les fourmis noires ce sont nos travailleuses et les fourmis rouges ce sont nos soldats qui surveillent les travaux. Elles préparent des galeries gigantesques pour reloger tous les habitants de la terre, en cas d'attaque stéroïde par le trou noir. Mais parfois, elles créent des séismes, en creusant près de la couche terrestre, surtout en Asie le continent le plus peuplé de notre planète, c'est là où l'on a beaucoup des travaux à effectuer. Ces petites fourmis assurent notre ingénierie, ils parcourent la terre entière à la rechercher des neurones abandonner dans les crânes des savants qui sont morts.

Ensuite, grâce à notre génie de la biologie moléculaire, nous produisons une matière grise qui sert à améliorer notre métabolisme d'esprit en multipliant notre intelligence ; et c'est ça notre secret pour dominer le monde.

Regardez cette coupole sert à récupérer l'énergie du vent qui rentre par la baie. Le souffle du vent s'arrange à caresser le mur asphérique pour en faire des rotations, et plus que le vent souffle fort plus que la rotation tourne au tour de la sphère pour produire notre énergie.

Puis cette lumière des insectes lucioles est profondément silencieuse et secrète ; nos ingénieurs ont installé des milliers de loupes microscopiques dans nos laboratoires pour augmenter le rayonnement lumineux de cette lumière en la transformant à un rayon laser très puissant capable de caser les murs de l'obscurité. La menace de l'obscurité nous oblige à être performants pour survivre. On n'a pas le droit à l'erreur, car c'est une question d'être ou disparaitre dans cette guerre des cerveaux.

La guerre a débuté, et la colère du roi blanc faisait vibrer l'échiquier. Il avait proféré ces paroles d'une voix forte et triomphante :

— Me voici sur l'échiquier ! Ma physionomie ne changera jamais, je suis le roi de la blancheur, je défie toutes les couleurs, la force de la lumière est en moi, je suis prêt pour vaincre le roi noir :Narod repend avec un tempérament ironique:

— Je n'aime pas la lumière, on l'appelle le mal, elle brule les yeux, j'aime la nuit, car tout le monde est égal, ou chacun peut trouver ces rêves perdus dans la lumière, sauf vos rêves de la victoire seront balayés par notre obscurité. La puissance du noir m'habite quand je lance mon ombre, je fais tomber la nuit qui assomme les esprits avec un sommeil profond.

Un vieil homme dote d'une barbe blanche comme les cordes d'argent et d'une épaisse chevelure blanche ; il porte une robe blanche flottante couronnée des pièces en diamant cristallisé, venait de la Chine de « Xi'an » de la tombe de « shi huandi » pour arbitrer cette bataille qui dure depuis l'empereur de « Qin ». Disait Balod au roi noir :

— La moindre erreur vous coutera cher. Narod s'éclata de rire puis répond.

— Ah ! n'espérez pas trop contre un pion sauvage d'un roi féroce, et une reine horrible, dont personne ne pourra l'approcher, car un roi intelligent n'épousera pas une femme charmante. Vous le comprenez d'autant mieux que vous savez que toutes les belles choses sont enveloppées dans mon obscurité.

La salle d'accueil du château diffuse une beauté merveilleuse. À l'absence de tous les éléments de l'échiquier, le roi profita de sa solitude et il se détacha un peu du bouclier de la responsabilité. Le silence de la nuit est un moment idéal pour qu'il puisse se détendre ; il sauta dans l'aire comme un enfant, il allongea ces bras en plein air comme un oiseau et il commença à tourner sur lui-même ; puis il augmenta sa vitesse de rotation comme un derviche. Il a senti un bonheur d'enfance qui l'amène à la profondeur de ces souvenirs d'autrefois, quand il était un petit prince.

Le roi s'éclate de rire lorsqu'il a vu par la fenêtre de la coupole la lune placée sur sa tête, puis son esprit céleste le poussa pour aller toucher la lune avec ces mains. Il a fait plusieurs sauts en essayant d'attraper la lune, certainement il n'arrive pas, mais il a considéré que cela faisait partie de son plaisir. Le roi s'installe sous la coupole en regardant la lune avec méditation.

Soudain, il a senti la présence de quelqu'un dans le salon royal, se mit derrière lui, avec un parfum fin et joyeux. C'était donc la reine qui est venue lui gâche son plaisir. La reine Wetta disait au roi :

— Cherches-tu encore les sept vieilles couleurs du

spectre de la lumière en pleine nuit ?

— J'ai été sûr que derrière chaque homme glorieux se trouve une femme : puis le roi tourna sa tête en face de la reine pour lui expliquer que l'esprit vainqueur fonctionne comme un astre, il brille au fond de l'obscurité. Disait Balod:

— Mon seul souci c'est le noir qui m'empêche de vivre, il annonce ma disparition. Oh ! Toi aigle Pygargue, roi des oiseaux, tu as été le témoin de cette bataille de l'existence, raconte mon histoire aux futures générations, à ce moment advint la plus grande merveille que jamais homme ait eu raconté. Et vous aurez l'honneur de parler de moi. Narod repend à Balod d'un air amical :

— Un roi peut perdre la bataille, mais il ne perdra jamais son titre de roi. Vous aurez tout notre respect et l'on ne pourra jamais vous tuer. En fait, ni le noir ni le banc ne dominèrent. La victoire appartient aux couleurs de la vie et la diversité. Quand Vénus, l'astre le plus brillant se cachera au lever du soleil dans l'aube le changement se croise entre lumière et obscurité. Et les fameuses couleurs spectaculaires forment la vie et remettent la joie aux oiseaux et à toutes les espèces.

Mais Balod refusa d'accepter les couleurs, lui qui se voit le roi de la blancheur. La reine Wetta rassura le roi :

— La lune conservera notre lumière en attendant que le soleil illumine notre espace. Ce conflit entre ces deux couleurs extrêmes, le noir et le blanc, interprète notre existence qui est divisée en deux chemins le mal et le bien.

Le roi blanc déclara son échec :

— La nuit annonça la fin de mon royaume blanc. Si

tu veux être roi pousse l'obscurité jusqu'à la profondeur de la terre, la lumière et l'obscurité partagent la vie, je te laisse faire ta décision Narod.

— Je veux faire un royaume avec toi. Vous comprenez ! disait Narod.

— C'est impossible de faire ce que vous me demandez, je suis la lumière, la blancheur de ce monde, je vais retourner vers la lune blanche, je te laisse Narod. Puis le roi blanc est parti sur son cheval comme une éclaire.

J'ai couru comme le vent pour le rejoindre en hurlant :

— Attends-moi Narod. Ensuite, je suis tombé dans le trou noir aspiré par une forte gravité, ma vitesse de chute augmenta, avec l'augmentation de mes hurlements qui réveille les morts. Soudain, j'ai entendu une voix qui me disait :

— Monsieur, n'ayez pas peur, je suis un médecin, vous m'entendez ? vous êtes conscient ? On va vous aider, on est le Service médical d'urgence. J'ai ouvert mes yeux, j'ai vu encore ce blanc, qui me suivait, des hommes habillent en blousons blancs, ils m'ont mis sur un brancard dans une ambulance. Mon état de santé était grave.

Mes années à Londres :

Je me suis retrouvé à Queen Elizabeth Hospital en mandat de dépôt, car je conduisais la moto en état d'ivresse, les analyses de sang ont révélé un taux d'alcool trop élevé. Les bonnes relations entre les peuples sont menacées par le terrorisme, et les Anglais ont pris au sérieux les menaces terroristes lancées par les islamistes algériens contre l'occident ; à tel point où chaque Algérien est mis sous projecteur. Et parce que je porte un prénom arabe à cause du régime Boumediene ; qui a interdit à mon père, et à tous les Algériens d'inscrire des prénoms d'origines algérien sur l'état civil de leurs enfants ; seuls les prénoms saoudiens ont été autorisés. Donc c'était tout à fait logique que les Anglais me considèrent comme un arabo-islamiste.

Les agents de Scotland Yard m'ont donné diverses bonnes raisons pour me questionner sur ma personne et mon séjour en Angleterre. Cela dépend beaucoup de l'évolution terroriste en Algérie qui est un domaine sensible actuellement. Je n'étais pas accusé, mais soupçonné. Ce cauchemar de l'arabisation et l'islamistion de mon pays me suit partout, déjà j'ai failli être tué par les Arabo-Islamistes dans mon pays, et maintenant me voici en Europe soupçonné d'être un islamiste. Personne n'est capable de comprendre cette équation. Mon pays qui n'est pas Arabe ni par son histoire ni par son origine est allié volontairement aux arabo-islamistes ; donc administrativement parlant tout ce que les Arabes font comme crimes tombera sur nos têtes parce que notre système politique nous oblige de porter un prénom arabe, donc je suis condamné à être suspect et payer pour les autres. À qui vais-je me plaindre si je n'ai pas la capacité d'avoir mes droits ?

Une procédure judiciaire se mit en cour, avec l'intervention d'une avocate dès mon entretien individuel avec un juge qui m'interrogeait minutieusement sur le terrorisme. Beaucoup de choses peuvent aggraver mon arrestation vue que je venais d'un pays colonisé par les Arabes, ils ont cru que je faisais partie des islamistes. Parmi eux se trouve une avocate d'une intelligence rare assistée à mon procès. Puis un lourd questionnaire politique me tomba sur la tête. Malgré, que j'avais dit la vérité sur ce que j'ai vu dans la guerre civile en Algérie, mais le questionnaire commença à me fatiguer.

Pour mettre fin à cette audience, je disais au juge :
— La réputation de votre honorable justice si noble et correcte me permet de vous adresser ce petit mot ; dans le but d'interroger ceux qui ont arabisés mon pays par force, c'est bien eux qui ont enfanté le terrorisme en Algérie, moi-même, je suis victime par ce régime qu'a colonisé mon pays. Le juge commença à réfléchir sur mon cas quasiment impossible à comprendre en ce moment. Il est dommage qu'il n'y ait pas eu un éclaircissement sur mon identité, le juge n'a pas compris que je ne suis pas un Arabe, et il est en train de me questionner à la place d'un Saoudien. Et pourtant je ne venais pas du pays des califes sanguinaires et d'El-Qaïda je venais de Cirta la capitale de la Numidie. Cette histoire d'identité va finir par me rendre fou.

Le jour de mon accident, quand les services d'urgence médicale sont venus me porter secours ils ont signalé mon taux d'alcoolémie qui a été jugé trop élevé à la police, à cause de cet effet, une obligation de soin m'a été imposée. Donc j'ai été placé à la prison. En attendant une enquête. Puis j'ai été transmis à la prison de Belmarsh à Londres. Je ne sais jamais comment et pourquoi je me suis retrouvé ici.

Carine a fait son possible pour me faire sortir de la prison. J'ai été jugé dangereux sur la route. J'ai payé une amende trop salée avec la suspension de mon permis de conduite. L'accident a endommagé ma jambe. Mais Dieu merci, tout cela est fini, et j'espère que je vais pouvoir m'occuper un peu de moi.

Carine m'a gardée chez elle à Richmond. La beauté du paysage de Richmond m'a coupé le souffle tout comme les livres d'images de mon enfance ; cette belle région londonienne est un endroit merveilleux, elle donne l'envie de vivre, les gens ont le cœur joyeux plein de projets incohérents, il y avait à Richmond, un petit nombre de commerçants qui s'y tiraient mieux d'affaire qu'à Londres, les jardins publics ressemblent assez à celles des prairies celtiques avec beaucoup de pelouse et différentes fleurs, la région est couverte de maisons de la même taille en style victorien.

Carine n'aime pas me voir soucieux et surtout triste sur ce qui se passe dans mon pays, elle m'explique comment fonctionne la vie anglaise, car elle souhaite que je continue à vivre en Angleterre près d'elle.

— Je vais t'expliquer, disait Carine ; la religion de notre nation et les coutumes anciennes du christianisme sont respectées par l'autorité, et par un système de lois qui protège la religion qui fait partie de notre patrimoine culturel. L'enseignement religieux est métaphysique ne peut convaincre, depuis le dix-septième siècle il a pris sa retraite. Mais si l'Angleterre n'est pas catholique, elle est toujours chrétienne. Notre pays ne mélange pas les pinceaux entre la religion et les principes capitaux de la nation britannique. Les rapports de Dieu avec l'homme restent un choix personnel et non pas un choix national.

La loi n'oblige pas et elle n'interdit pas le choix des gouts et des couleurs, son rôle est de protéger l'ensemble de la nation. La Grande-Bretagne a reçu le baptême, elle a toujours l'âme évangélique. Elle croit en Jésus-Christ. C'est un pays conservateur qu'il a mis une multitude de règles pour protéger les traditions catholiques, mieux que beaucoup des peuples qui sont restés attachés à l'Église. Depuis l'ancien temps, les traditions de l'Angleterre non pas changées reliaient la classe dirigeante avec le peuple sans contraste.

La démocratie a contribué à la tranquillité de la nation, ces coutumes se transmettent d'une génération à l'autre. Le Parlement a dû faire l'effort pour intervenir plusieurs fois pour garder cette meilleure méthode qu'a fait de notre nation la Grande-Bretagne avec une amélioration durable dans les institutions et la culture britannique. Personne ne conteste cette qualité de la gouvernance, même si certains ne sont pas d'accord avec certaines lois.

J'ai été étonné par la culture de Carine qui connait tant de choses, sur l'histoire et surtout en science politique qui est sa spécialité. J'ai dit à Carine.
— J'éprouve mon grand respect pour la grandeur

de ce peuple britannique, il est certes pour un grand peuple un grand gouvernement. Je suis déçu de voir que le peuple algérien ne prend pas la démocratie plus au sérieux. Réveiller les Algériens au crâne bourré de l'islamisation et dire ces quatre vérités aux Arabes est un travail à plein temps. Si les Arabes ne fabriquent pas des naïfs comme nous Algériens ils ne seront jamais des califes, un jour finirent de nous vendre la corde pour nous pendre au nom de la religion.

Carine connait bien le désordre qui menace l'Algérie, elle me disait.

— Il est bien pénible de voir aujourd'hui des pays totalitarismes qui mettent au point des mouvements politiques en faveur du naufrage démocratique ! Le grand avantage dans la constitution anglaise, c'est de ne pas centraliser tout le pouvoir dans le même corps. La justice et la politique sont séparées, pour que chacun améliore son domaine, cependant, ils sauvegardent l'unité du pays avec perfection sans sacrifier la démocratie.

Je trouve que tous les moyens sont bons, pour le gouvernement algérien pour qu'il puisse bâtir un pays fort. L'Algérie était l'unique pays au monde qui a eu son indépendance à l'arraché, du coup l'Algérie était devenue la Mecque des révolutionnaires et un pays respecté dans le monde. Après son indépendance, elle a hérité la langue française qui est une langue de la modernisation, puis la majorité de la population est jeune en Algérie et elle vit dans un pays riche en hydrocarbures. L'Algérie a été le grenier de l'Europe, elle est située aux portes de l'Europe, un pays lourd d'histoire et des monuments historiques. Est-il possible que l'un des rares pays au monde dont il possède tous ces atouts n'arrive pas à faire un pas vers l'avant ? Ceci est une preuve que le gouvernement algérien est incompétent, comparé au Japon qui a été bombardé par des bombes atomiques et il ne possède pas les mêmes ressources naturelles comme l'Algérie, ainsi que l'Allemagne a été démolie presque entièrement par l'armée russe. Ces deux pays ont montré au monde qui peuvent devenir fort avec la force du savoir et le travail. C'est là le danger qui menace l'avenir de l'Algérie, c'est sa politique intérieure. Carine a bien résumé la situation en Algérie.

— Merci, pour cette démonstration. On n'est pas né pour la gloire lorsqu'on ne connait pas le prix du sacrifice comme les Japonais et les Allemands qui ont fermé la page de la guerre et ont toléré avec leurs anciens ennemis. Ensuite, ils se sont mis au travail contrairement à nous en Algérie, on pleure la guerre d'Algérie jour et nuit depuis de décennies tout en augmentant la haine contre le peuple français. Considéré quelqu'un comme un ennemi c'est déjà une violence, il est vrai que les Algériens sont très fiers d'une liberté qui leur appartient et qui ont payé le prix fort pour l'avoir : mais moi, je ne suis pas fier d'une tyrannie qui me gouverne.

Après deux mois passés de mon accident de moto, je n'utilise plus le fauteuil roulant, je vois également que peu à peu mon corps commence à reprendre ces forces. Dans le pavillon de Carine, on recevait les amis presque tous les jours, on organisait de bons repas. Je me demande ce que je suis en train de vivre, est-ce que c'est un rêve ou une réalité ? Tellement la vie n'arrête pas de me fouetter, elle m'a fait oublier que j'ai le droit de vivre. Mon ami d'enfance Malik est venu me rendre visite chez Carine pour se rassurer sur mon été de santé. Parlons de toi, mon cher ami :

— Que penses-tu faire ? Pour ton avenir ? C'est le rôle d'un ami soucieux de ton avenir qui te parle. Tu dois t'accrocher à quelque chose en donnant une gestion à ta vie, au lieu de te laisser aller à une sorte d'existence instinctive sans un seul objectif. Ne crois pas trop à la jeunesse, le temps passe vite et il finira par affaiblir tes facultés morales et physiques ; mais aussi ne te laisse pas trop abattre lorsque les déceptions arrivent. Tu possèdes de la ressource avec un cœur noble et un esprit éclairé comme le tien tu peux facilement réussir ta vie.

— Ce que je me disais toujours, ma vie était un long combat ; au milieu des lourdes épreuves. Il me reste la ferme volonté pour accomplir ce que je considérais comme l'œuvre de ma destination révolutionnaire. Je ne peux pas continuer à vivre avec une culture qui ne m'appartient pas. Ils ont volé mon identité et je dois la récupérer.

— Maintenant, tu vis en Europe et non pas en Arabie changes ton prénom et l'on ne parle plus. Disait mon ami Malik.

— Il est inutile que je change mon prénom par respect à mes parents, je sais que je vis en Europe, mais mes compatriotes vivent encore sous l'occupation arabo-islamiste. Je fais tout mon possible pour lutter depuis l'âge de 10 ans lorsqu'ils m'ont exclu de l'école à cause de ma lutte contre le colon arabe. Je passai toute ma vie m'instruire sur cette question, mais cette lutte m'épuise et ma tête est si fatiguée, c'est un peu David contre Goliath. Malik soucieux que je plonge encore dans l'alcool :

— Je sais que tu as été un rebelle exceptionnel, et je me souviens de toi en étant enfant, j'ai reçu avec la plus grande peine ce triste souvenir lorsque tu m'as appris à l'école en disant au professeur :

— Maitre, arrêtez de nous mentir, nous ne sommes pas des Arabes. Et le professeur se vengea contre toi, il t'a matraqué à mort, j'ai une grande reconnaissance de ton nationalisme si pur et naturel. Ne t'inquiète pas de tout ça, tout n'est pas perdu. En tout cas, je compte sur ta force mentale pour que tu sortes du désespoir et l'alcool qu'elle t'a causé un accident, tu dois encore penser à ta mère, tes sœurs et tes amis.

— Je pense toujours comme toi, je vais te dire ce principe ; un homme qui a pris un engagement juste doit-il le tenir ou y lâcher ? s'il lâche prise, il s'agit d'un acte honteux, et donc j'ai craint de passer pour un lâche.

J'aime beaucoup mon ami Malik, il aime me contredire, pour aller creuser dans ma raison, car je sais qu'il aime mes idées, j'aime aussi ces arguments.

— Si tu offres un logement, un travail et une femme à n'importe quelle personne, il ne s'occupe jamais de la guerre ni de la politique, ici tu as tous pour être heureux, oublie l'impératif de disponibilité et occupe-toi de toi, fait ta vie. Écoute mon ami :

— Je persiste dans les mêmes sentiments, l'envie de vivre il y a longtemps que je l'ai adopté, et j'y tiens encore aujourd'hui. Ce n'est pas le bienvivre qui compte, l'important c'est comment vivre ? C'est-à-dire de vivre selon l'équilibre de la justice. Il n'y a aucune différence entre faire du mal à quelqu'un et être injuste, moi je les ai subies toutes les deux par le même gouvernement !

Qui a détruit mon plan de vie. Découragé par ce raisonnement, Malik dut s'avouer vaincu. Je lui demander :

— Laisons nous donc cette discussion, marchons, sans rien craindre, là où Dieu nous conduit. Malik, m'a invité moi et Carine pour son prochain spectacle dans un Pub de luxe à Soho Piccadilly Circus.

J'ai appliqué les conseils de mon ami Malik et j'ai arrêté définitivement l'alcool. J'ai passé des journées merveilleuses, entre les sorties dans les cinémas et restaurants, les invitations chez les amis de Carine, mon ami Malik le chanteur nous invite à chaque fête qu'il organisait dans les pubs londoniens. Je suis ravi de l'inépuisable hospitalité de mes amis.

Pour avoir une idée générale de Londres, Carine a décidé donc de me faire découvrir sa ville natale, et m'expliquer plus en détail sur les monuments qu'on voulait visiter pour aujourd'hui. Sur notre chemin en direction de la cité de Londres Carine me disait.

— Londres est la capitale du monde moderne, la ville est immense, l'on ne peut pas la visiter en une seule journée. Londres s'appelle la nouvelle Rome à cause de plusieurs ressemblances. La Grande-Bretagne était le plus grand empire dans l'histoire, du coup Londres est devenu la capitale du monde, elle a le même rôle politique et la même population que Rome, Londres est la plus grande cosmopolite de l'univers, elle possède autant de quartiers différents et de classes différentes. Le quartier de Peckham est un quartier africain, le quartier Est-ham est un quartier indien, Edward Road est un lieu arabe, la communauté française se trouve à Kingston. À Londres, vous trouvez toutes les ethnies, et même la majorité des grands hommes du monde ont séjourné à

Londres comme, Albert Einstein, le général de Gaulle, Nikola Tesla, Ludwig van Beethoven, Londres est devenu la Mecque des philosophes et scientifiques, le point de chute des artistes et politiciens.

La vie circule plus activement à Londres, les bus ont tous la couleur rouge à doubles étages leurs désigne n'a jamais changé depuis l'ancien temps, cela rappelle que le pays est conservateur comme les taxis noirs qui passent dans les rues expriment l'originalité de la ville de Londres. Le métro de Londres est le plus ancien au monde, dans les gares ou passé un train toutes les cinq minutes. Les magasins sont magnifiques ; j'ai été heureux de trouver un magasin algérien « Algerian Cofée stores » qui date depuis 1888. Les restaurants et les snackbars occupent une grande partie du commerce, où l'on pouvait aller prendre un bon repas ou un sandwich à chaque fois que l'on en avait envie.

Les kiosques à cigarettes offrent le service à confiserie et à journaux. On paye le ticket du métro et l'on est libre de partir n'importe où. Je suis heureux d'être à Londres de nouveau et d'avoir survécu après mon accident de moto. La vie commence à m'annoncer le beau temps. Carine organise des conférences sur la sècheresse pour collecter des fonds et construire des puits d'eau en Afrique ; elle a un bon carnet d'adresses, elle connait du monde. Aujourd'hui, nous devons assister à l'invitation de l'ambassadeur des Philippines qui fête son anniversaire, j'ai eu l'occasion de danser avec sa femme.

Autant des choses et d'occupations m'ont fait oublier mes malheurs. Je commençai à m'attacher à Londres.

J'ai grandi dans une culture européenne, à une époque où Constantine figurait parmi les plus belles villes du monde, avec ces festivals de jazz, les musiciens de rues, le casino et le théâtre qui étaient toujours remplis d'un public élégant et sympathique, à cette époque la femme algérienne rentre dans le stade de football au même titre que les hommes, j'ai grandi dans un environnement européen et je n'ai pas besoin de m'intégrer à la vie londonienne. Ma richesse culturelle m'a permis d'être flexible avec mon entourage à un point ou j'ai fait beaucoup d'amis anglais sans aucun obstacle.

À peine, commençait une nouvelle vie en Angleterre ; après sept années à Londres, ma mère voulut absolument me voir pour une histoire d'héritage vu que je suis son fils unique. J'ai décidé de laisser la maison à mes sœurs, et donc j'ai été dans l'obligeance de retourne en Algérie pour signer certains papiers chez le notaire. Carine a cru que je ne retournerai jamais en Angleterre à cause des services de renseignements britanniques qui m'ont pris la tête. J'ai rassuré Carine que je retournerai à Londres, et je l'inviterai à Reims en France. Je ne pouvais pas l'amener avec moi en Algérie à cause du terrorisme. Carine m'a accompagné avec mon ami Malik jusqu'à l'aéroport ; je lui disais :
— Je ne suis pas contre les juges ou les agents qui m'ont questionné, il est tout à fait logique qu'ils accomplissent leurs missions ; je suis contre celui qui m'a étiqueté arabo-islamiste et pourtant je ne suis pas arabe ni par culture ni par ethnie. J'ai hâte de rentrer tout de suite et voir mon pays et m'assurer que ma mère va bien et me trouver seul en tête à tête avec Constantine, dans les endroits où j'ai grandi.

Retour en Algérie :

Je suis dans ma ville qui m'a vu naitre et grandis, lorsque j'ai mis mon premier pas sur le sol constantinois, j'avais les larmes aux yeux. J'ai commencé à découvrir le vrai projet islamiste, je n'arrivais pas à croire mes yeux, sur ce qui se passait dans mon pays attristé par les massacres. L'islamisme est la meilleure histoire de la vie sauvage, la ville de Constantine a été gravement dégradée par le terrorisme, les gens sont renfermés sur eux-mêmes par un deuil, à cause de la mort d'un proche ou d'un ami ; je n'arrive plus à reconnaitre mon pays, je me suis senti comme un étranger dans un pays étrange. La vie que j'ai organisé depuis mon enfance et j'en ai rêvé de la réaliser en Algérie elle s'est éteinte, elle s'est transformée à un cimetière par le projet arabo-islamiste.

Beaucoup d'amis sont morts, d'autres sont devenus fous à force de voir chaque matin, des têtes coupées installées sur les trottoirs. Mon amie d'enfance Mina assassinée avec ces parents dans un faux barrage organisé par les terroristes islamistes, toutes les belles choses ont disparu, il ne reste que l'islamisme en Algérie. Ma mère ne veut plus que je reste en Algérie :

— Je ne veux pas te voir replié sur toi-même et tu regardes craintivement ces massacres. Tu dois retourner en France, je ne veux pas te perdre, je veux te sauver de ce danger. Ces criminels vont te tuer certes, comme ils ont fait aux autres, leur doctrine haineuse se nourrit du sang. On devrait les expulser du pays, cette doctrine a tué plus que toutes les maladies unies. Il ne faut rien attendre d'eux que du malheur, ce sont les plus méchants des hommes.

L'odeur de la poudre des balles a remplacé l'odeur des fleurs. Comme chaque nuit, j'entends tout près de notre maison, les échanges des coups de mitraillettes, j'ignore les adversaires. Maintenant, j'ai l'habitude, je suis resté à l'écart de ce conflit, car c'est trop bête de me lancer dans la mêlée avec aucune arme. La perte de mes amis d'enfance dans cette guerre m'a installé un chagrin permanent qui est devenu une torture psychologique ; l'image de mes amis d'enfance ne veut pas quitter mes yeux, je vois leurs visages dans chaque coin de Constantine. Ma terre natale est salie par le sang depuis qu'elle a vu sur son sol les arabo-islamistes, non seulement, ils ont réussi d'effacer notre identité berbère, aujourd'hui ils ont effacé mes souvenirs d'enfance. À cause de ces colons arabo-islamistes, je suis devenu un être insignifiant qui vit sans repère identitaire ni nostalgie.

Les Arabes savent ce qu'ils veulent en Algérie, quant à nous, on consomme cette arabisation dont nous ne savons pas que les Arabes avaient blanchi l'histoire et les livres de la religion dont ils lavent les cerveaux, et ils nous laissent vivre leurs idées. Le Moyen-Orient dit arabe veut nous apprendre d'avoir honte de nos origines. Évidemment, pas de valeur à un homme qui n'a pas de valeur pour ces ancêtres, je suis de la nation berbère et je suis leur pire cauchemar, qu'ils me haïssent ça m'est égal pour vu qu'ils me craignent, et plus que les islamistes attaquent mes origines plus que j'étais sûr d'être sur la bonne voie et d'œuvre dans l'intérêt du bien. Je suis un partisan de l'Algérie libre avec son identité originale point à la ligne, je suis un homme de paix, un homme fait pour vivre avec la diversité et le respect de l'autre. La confrérie islamiste ne veut pas s'arrêter là. Elle est prête à s'aligner avec le Satan pour tuer tous les Algériens et bâtir le nouvel ordre arabe en installant un calife en Algérie, une fois ce projet se concrétise, les islamistes attaquèrent l'Europe qui est à deux pas de l'Algérie et c'est une chaine sans fin, comme ils ont fait les califes auparavant.

Je ne cherchais pas à critiquer les ennemis qui sont loin de moi, mais plutôt, ceux qui sont tout près de moi. L'Algérie s'est réduite à n'être qu'un membre de la ligue arabe, en conséquence elle se retrouvait dans le club des faibles, et dans un autre sens elle est soumise à une identité qu'elle ne lui appartient pas. Cet engagement confirme un manque de confiance en soi, il a ouvert l'appétit aux Arabes qui ont dévoré notre identité, car ce sont eux l'unique propriétaire de cette ligue. Cela veut tout dire que nos décideurs politiques ont été faibles de personnalité ou soit ils n'avaient pas de personnalité du tout.

Il me faudrait au moins veiller d'abord à ne pas poursuivre ce gouvernement, car je ne suis pas un enfant bâtard, j'ai mon nom de famille, je connais ma descendance et mes origines berbère, je refuse qui viennent approprier mon existence. Cette forme d'esclavage est soutenue par notre gouvernement algérien qui accorder un appui de fer pour qu'on appartienne absolument aux Arabes. Voyant quelle grossière ambigüité on tolère aujourd'hui, de ce malheur invisible, quand la conscience est blessée par une telle autorité coloniale qui a vidé tout un peuple de son origine pour l'exterminer ? Pour qu'enfin ce gouvernement devienne le plus dangereux ennemi du peuple algérien, un gouvernement corrompu à l'état pur.

Sous le nom d'ordre colonial, nous sommes tous amenés à rendre hommage à notre propre tromperie. On rougit d'abord de sa trahison et puis on s'y habitue ; ensuite, cela devient normal que le malfaiteur se transforme à un moraliste. Il est certes, on est ce qu'on a consommé comme politique et l'on vit une vie que nous avons fabriquées par nos erreurs. Un enfant qui trahit le nom de famille qui lui ont donné ces parents ne pourra jamais piloter sa famille, la même chose pour un citoyen qui nier l'origine de son pays ne pourra jamais construire son pays. Si une plante ne peut vivre selon sa nature, elle dépérit ; une nation de même.

Dans un monde où tout se vend et s'achète, la machine islamiste a acheté certains esprits algériens, et elle veut faire de nous l'instrument de la haine envers les juifs et les chrétiens et même contre les musulmans qui ne sont pas de son côté, comme les chiites. Ainsi les points d'appuis moraux s'effondrent dans ce marché de la religion. Les valeurs humaines diminuent, en raison de l'augmentation de ce que l'on appelle la bassesse, qu'un homme puisse nuire à sa culture, lorsqu'il devient pauvre d'esprit, il s'engage de réaliser son rêvé qu'il maintenait lorsqu'il était en mode d'influence, puis, il finit par devenir un terroriste potentiel.

Je me suis aperçu que beaucoup des choses ont changé, même en ces lieux, il y avait une histoire du bonheur qui franchissait les murs de ces maisons.

Je me souviens d'une longue série d'horreur, lorsqu'on a été surpris par l'invasion islamique. J'ai profité de parler avec un ami d'enfance qui restait dans le quartier de peur de ne jamais le revoir. J'étais le témoin et la mémoire composée de tout ce qui se passait et se disait dans ce lieu. Cette invasion a été une expérience rare pour moi. J'observais ma ville natale de plus près.

Jamais, auparavant, je n'avais vu Constantine triste, cette ville particulière ne doit pas être prisonnier dans le fanatisme islamique, car c'est la capitale de la Numidie et du peuple berbère. La ville, les gens, le pays sont sinistrés, plus grands que l'éruption volcanique du Tambora, j'avais l'impression que le temps s'était arrêté en Algérie et rien n'avance. Avec quelle mesure pouvais-je être fier en face de gens de mon milieu ? Mes bons voisins et amis me regardaient, comme si j'avais un autre visage.

En fait, j'ai déclaré tranquillement la guerre à cette invasion, à ma manière à moi. Telle est donc ma position pour le moment. Je suis resté sur mes gardes, pour éviter que la rage islamique me tombât sur la tête, et vu que je possède l'antidote contre ce poison, personne ne pourra détruire ma vision. Mais en y réfléchissant, je me voyais égoïste. Pourquoi donc laissais-je mon prochain se jeté dans la gueule du loup ? Je ne suis pas fière de moi. Et puis, je me suis dit que je n'ai aucun pouvoir de mon côté pour être capable d'ouvrir le nœud de ce bondon d'aveuglement porté par une grande quantité de gens.

Je restai une semaine à Constantine, c'est comme

si je suis resté une année, chaque minute était comptée pour moi comme un mois, une fois signés les papiers de l'héritage chez le notaire, je suis retourné en France. J'ai invité Carine et ces parents chez ma famille, ils ont beaucoup aimé la région champagne. Le temps qui passe vite m'a amené à l'âge de mariage. J'ai fait ma vie en France, et je ne suis pas retourné en Algérie pendant dix ans. Car à chaque fois, que je voulais aller visiter mon pays, ma mère s'opposa à cette décision, par peur de me perdre à cause des sérieuses menaces. Mais jusqu'à quelle limite s'arrête ce conflit ?

La source de l'islamisation :

Il y a eu un âge d'or pour les islamistes, un âge où le rêve d'établir le califat est devenu réalité. Après la chute de l'Empire ottoman, une petite dose d'espoir, a fait agiter les islamistes pour réaliser leur rêve du système califat. Soudain , deux grands mouvements islamistes sont nés le wahhabisme en Arabie, et les frères musulmans en Égypte.

Avant la conquête française de l'Algérie. Le consul de France à Alger monsieur, Eugène PLANTET, écrit dans son livre au titre « correspondance des deys d'Alger avec la cour de France ». Le livre explique clairement que ce sont les musulmans turcs qui ont vendu l'Algérie à la France. Donc, le malheur de l'Algérie est venu des musulmans turcs. Et c'est tout à fait logique que la France venait en Algérie pour récupérer sa marchandise vendue par le Dey Hussein.

Enterrer la vérité, et glorifier les arabo-islamiste est une grande spécialité du gouvernement algérien pour se détacher de toute responsabilité, dans un pays où la vraie histoire n'est pas enseigner dans l'école algérienne, du coup le gouvernement algérien a créé une génération qui ignore complètement ces vrais ennemis qui ont vendu l'Algérie. Ce qui est encore plus insultant dans cette histoire, c'est lorsque le système arabisé du président Boumedianen a nommé l'un de plus grand quartier d'Alger au nom du vendeur de l'Algérie à la France, et donc c'était le grand quartier d'Alger qui a été baptisé, Husine Dey, puis le même gouvernement a nommé une ville entière Cidi-Oqba au nom du colon arabe Oqba qu'a massacré les Algériens. Sachant que la Turquie était le dernier pays qu'a reconnu l'indépendance de l'Algérie en 1974.

Le malheur du peuple algérien résulte de sa grande confiance qui donne aux arabo-islamistes. La majorité du peuple idolâtre ce mouvement à l'aveuglette sans s'informer ni se documenter sur ce qui consomment comme alimentation religieuse. Ce vide intellectuel a ouvert le champ aux marchands de la religion qui sont devenus les Dieux des Algériens. La source d'information ne se fait que dans les mosquées par les on-dit des imams, en regel général les imams ont un niveau culturel limité, ils ont une culture rébarbative basée sur l'apprentissage par cœur des textes religieux.

La grande majorité de marchands de la religion ne maitrise aucune langue étrangère. Les personnes qui ont échoué dans leurs scolarités, ou dans le monde professionnel et artistique, ils se dirigent vers le métier d'imam qui est à la portée de tout le monde. Et donc, ce sont ces personnes-là qui dirigent l'esprit des médecins, des intellectuels et tous les Algériens. Les islamistes ont compris la faille du peuple algérien, et c'est à partir de cette fissuration causer par l'ignorance que l'islamisme à pénétrer pour inonder l'Algérie.

L'islamisme algérien était créé par un religieux nommé Ibn badis, un fils d'un riche Caïd. Ibn badis a fait ces études à médiane chez l'extrême islamiste, les pires radicaux du monde, les wahhabites en Arabie Saoudite qui ont enfanté les organisations terroristes les plus puissantes dans l'histoire, le Taliban, El-Qaïda et Daesh. Ibn badis était le premier qu'a installé l'appareil islamiste en Algérie. Au nom de la religion. Ibn Badis a réussi de radier progressivement l'identité des Algériens ainsi que la diversité religieuse qui existait en Algérie depuis Saint-Augustin. Son célèbre verset est devenu un texte sacré chez les islamistes algériens :

— Le peuple algérien est musulman, appartient aux Arabes disait Ibn Badis. Très peu d'Algériens auraient en réalité une telle réflexion avant de lire ce verset qui anticipe au racisme, parce que cette idée ne leur est jamais venue à l'esprit au moment où elle est enveloppée par l'islam.

Évidemment, ce verset est une pire insulte à l'égard du peuple algérien, c'est comme si l'algérien est un bâtard qui ne connait pas ces origines et ces appartenances raciales, cependant, Ibn Badis tentait de rendre l'algérien un simple soumis au pire colon de l'Algérie qui est la dynastie arabe. Puis il osait dire que le peuple algérien est musulman, tout en oubliant les Algériens juifs, chrétiens, et athées, et surtout les laïques et les communistes qui étaient majoritaires à cette époque en Algérie. Ibn Badis travaillait sur deux différents tableaux ; il planifiait et prêchait avec son association islamiste pour offrir l'Algérie aux Arabes, et de l'autre côté, dans ces écrits il était pour la colonisation de la France en Algérie. Ensuite, vu qu'il était un fils d'un riche Caïd la loi de l'indigénat ne le concernait pas.

Cette loi est un engagement politique qui favorisait pleinement les colons français, en allant mépriser les autochtones qui n'avaient même pas le droit au vote. Et c'était à cause de cette injustice que la guerre d'Algérie se déclencha. Les Algériens n'étaient pas contre les catholiques ni contre le peuple français, ils étaient contre l'excès de l'injustice qui touchait tous les Algériens de différentes   ethnie et religion. La preuve des milliers d'Algériens d'origine française sont morts pour l'Algérie comme Maurice Audin , et aussi des Algériens d'origine italienne comme Molinari Oum el Kheir et j'en passe qui sont morts pour l'Algérie, et c'est une française Émilie Busquant qu'avait créé le drapeau algérien. Aujourd'hui, le pays tout entier a perdu le sens de la raison et la résistance contre l'invasion de l'arabisation de l'Algérie.

La civilisation européenne commença à s'éteindre pour laisser sa place à une nouvelle doctrine imposée par l'Arabie. Cette doctrine était le projet majeur de la politique algérienne ; tout ce qui était le plus destructif de l'identité algérienne était le bienvenu dans ce projet. Et donc, pour tourner l'engrenage de cette machine qui fonctionne au sens unique ; le système a choisi Ibn Badis comme référence emblématique de l'Algérie pour détourner toutes les visions des Algériens vers l'Arabie. Cette grande feinte d'une longue série d'abrutissement a fait croire aux Algériens qui pourront développer leur pays en suivant Ibn Badis considéré le plus grand savant de l'Algérie. Mais, celui qui est nourri des mensonges ne produira jamais la technologie et la modernisation ! en revanche, cette manœuvre n'est qu'une plateforme pour pouvoir déposer facilement l'islamisation et l'arabisation sur le sol algérien, et transformer facilement l'Algérie à un pays arabe.

Constantine est la ville natale, d'Ibn Badis popularisé au titre d'un grand savant ; mais sur quel savant nous parlent-ils ? Ibn Badis était un écrivain des textes islamiques ; et pourtant Constantine a donnée à l'humanité une élite rare des savants, des philosophes, écrivains, musiciens, depuis l'antiquité jusqu'à nos jours et qui sont inconnus dans les livres scolaires algériens comme le prix noble en physique Claude Cohen-Tannoudji né à Constantine, Ptolémée, Marcus Cornelius et j'en passe. Le président Boumediene a effacé la mémoire constantinoise en particulier et Algérienne en général. Pour installer son projet du nationalisme arabe.

Essayant de projeter de la lumière sur l'origine du terrorisme en Algérie. L'échec monumental de l'Algérie a commencé dès l'indépendance par une minorité activiste dans le milieu de nationalisme arabe ; elle se retrouva au sommet de la gérance du pays, puis cette mainmise a lié directement l'Algérie à la ligue arabe, c'était un choix d'une guerre inévitable. Pour comprendre ce système, on doit descendre jusqu'à sa naissance, et voir clairement sa source. La clé de cette porte de l'enfer c'était le président Boumediene qui a fait ces études chez les frères musulmans à l'université religieuse d'El-Azhar au Caire en Égypte.

Le premier président dans l'histoire de l'Algérie Ben Bala a été au service du président égyptien Abdel Nasser un membre actif de la confrérie islamique ; et un disciple du fondateur des frères musulmans Hassan El-Bana qui est un disciple du mufti Mohammed Amin al-Husseini proche d'Adolf Hitler. Un mufti construit par la machine nazie. Cela veut tout dire sur la machine du nationaliste arabe qui fonctionne exactement comme le régime nazi.

Revenant sur l'histoire de l'arabisation de l'Algérie. Les Arabes Omeyyades étaient des barbares et racistes ils partagent le pouvoir uniquement entre eux. Ils violaient les femmes berbères et ils volaient les biens des Algériens. De ce fait, les Berbères du Nord constantinois ont décidé de mettre fin à ce monstre venait du Moyen-Orient. Les tribus constantinoises de la petite Kabylie, et grâce aux Berbères de la famille Kutama qui ont chassé les Arabes omeyyades en 969, ils les ont suivis jusqu'en Syrie. La famille Kutama avait créé la dynastie Fatimides. Née de la religion ismaélien qui reconnait uniquement l'islam prophétique, elle rejette l'islam califat, leur dynastie porte le nom de la fille du prophète Fatima « les Fatimides ». Le 7 juillet 969, grâce au général sicilien Jawhar al-Siqilli, qui était au service de la dynastie des Fatimides, qui ont conquis l'Égypte et construit la ville du Caire « Al Qâhiraé » ce qui signifier « la victorieuse ». Depuis cette époque, les Arabes étaient chassés de l'Algérie et ils n'avaient aucun pouvoir arabe sur la terre de Berbères, jusqu'à l'arrivée du président Boumediene qui les a fait revenir de nouveu en Algérie.

Ce gouvernement totalitarisme n'a présenté aucune explication au peuple algérien, sur l'intérêt de l'arabisation de l'Algérie ; sans donner d'éclaircissement par rapport à la courbe gaussienne avec le rapport entre ce qui est nécessaire et positive et ce qui est inutile et négatif de cette arabisation. Depuis l'arabisation du pays par le président Ben Bella sous prétexte de décoloniser l'enseignement algérien de la France ; mais en réalité, c'est pour remplacer le colon français par le colon arabe ! Puis, le système politique algérien a chassé les enseignants français et européens dans les institutions scolaires et universitaires, il les a fait remplacer par des Égyptiens, des Syriens, des Palestiniens qui n'ont ni qualification ni expérience dans l'enseignement ; la plupart ils étaient des éleveurs, des bouches, des épiciers. Pour vu qu'ils parlent un dialecte qui ressemble à l'Arabe.

Certes, c'était l'époque d'un passage d'une Algérie européenne à une Algérie moyenâgeuse, ensuite, le pauvre peuple algérien soudainement, c'est trouvait privé de la civilisation contemporaine modelée avec les langues européennes et non pas avec la langue arabe qui est au même niveau de stérilité que la langue originale des Algériens, qui est le Tamazirt. Ce changement radical de l'Algérie a ouvert ses portes a une émigration arabe qui s'était installée pour arabiser et islamiser le pays sous les ordres des frères musulmans.

Le but de ce projet c'était la création d'un nationalisme purement islamiste nommée Ouma dans le jargon islamique, qui refuse le nationalisme algérien. C'était donc, un engagement religieux bien structuré pour préparer le système califat. La classe dite supérieure chez les islamistes algériens a été la plus avancé dans cette opération. L'architecte de ce projet de la Ouma en Algérie, Abd Elatif Soultani, dans son livre écrit en arabe « El mazdakia El Ichtirakia page 81 » il juge que les Algériens qui nomment leurs enfants par un prénom Berbères ce sont des mécréants, puis il s'attaque directement à la langue Tamazirt, et pourtant le coran dit dans la sourate des Romains dans le verset 22 « Et parmi ses miracles la création des cieux et de la terre et la variation de vos langues et couleurs » donc c'est Dieu qu'avait créé la langue Tamazirt comme il a créé les autres langues.

Abd Elatif Soultani est l'un de plus grands radicaux islamistes que l'Algérie n'a jamais connus auparavant ; il est devenu le donneur d'ordre de ce mouvement ; chaque citoyen algérien qui ne fait pas partie de sa doctrine est jugé mécréant, même les martyres de la guerre de libération n'ont pas été épargnés, ils ont été jugés des non-musulmans, car Abd Elatif Soultani se permet de juger qui n'ont pas fait la guerre de libération selon la loi islamique connue au nom de la Charia. Abd Elatif Soultani était le disciple d'Ibn Badis le guide spirituel et le fondamental du mouvement islamiste en Algérie. Ensuite, le mécanisme de la radicalisation de la société algérienne a également été installé pour renforcer le débit de pression sur toute l'Algérie.

Les califes auparavant, ils avaient leur propre doctrine et leur propre magistrature religieuse pour dominer les foules au nom de l'islam. Ibn Saoud a utilisé le même plan qui gagne au fil des siècles. En conséquence, l'homme clé du royaume Saoud c'était le fondateur de la secte wahhabite, Mohamed Abd-ul-Wahab qui a été protégé par Mohammed-Ibn-Saoud un chef héréditaire d'une tribu bédouine de l'Arabie. Abd-ul-Wahab et Ibn-Saoud avaient obtenu un grand succès dans leur tribu de Nedjd «la ville de Riyad»; ils se partagèrent l'autorité. Le premier est devenu un seigneur sacré, le second est devenu un prince.

Ils se sont mis d'accord pour conserver ce pouvoir entre leurs descendants. Lorsque Mohammed Ibn-Saoud mourut en 1765, son fils Abd-ul-Aziz lui succéda. Abd-ul-Wahab vécut jusqu'en 1787, et il a gardé également pour successeur son fils Hussein. La famille royale de l'Arabie saoudite, descendant de Mohammed-Ibn-Saoud, et la magistrature religieuse saoudienne appartiennent de plein droit à la descendance d'Abd-ul-Wahab. Ils pensaient qu'ils prennent le rêgne du monde musulman, et bâtissent un califat comme celui de la famille Banou Oumaya,Ola dynastie omeyyade.

Pendant la Première Guerre mondiale, l'émir Saoud, fils d'Abd-ul-Aziz pour régner il a fait comme le premier calife Aba Bakar, la chasse à l'homme. Il menait de nouvelles conquêtes, contre les infidèles qui refusent de se soumettre à la réforme du wahhabisme, il avait une armée puissante soutenue par les Britanniques et Lawrence d'Arabie, pour faire un soulèvement des Bédouins arabes contre l'Empire ottoman qui ennuie la Grande-Bretagne. De ce fait, il devient le roi du Hejaz le 8 janvier 1926. La richesse de la famille royale a commencé dès le début de la commercialisation du pétrole en 1983, du coup, le royaume est devenu une puissance financière dans la région. En 1945, le roi Abdelaziz et le président américain Franklin Roosevelt, se sont mis d'accord entre la protection de la famille royale Ibn-Saoud par les États-Uniens contres l'exploitation du pétrole saoudien.

Mais la famille Saoud voyait grand, elle veut établir un califat et récupérer tous les territoires musulmans. De ce fait, elle a créé des outils qui lui permettent de contrôles tous les pays musulmans. En 1962 le roi Saoud Fayçal a créé « l'OCI » la ligue islamique, son siège se situé à Djeddah en Arabie, ensuite, la création de Dar al-Maal al-Islami « La Maison de l'argent islamique » fondée en Suisse en 1981, est une institution financière islamique de premier plan avec des filiales sur quatre continents à son actif. 3,6 milliards de dollars

Ensuite, plusieurs Banques islamiques ont vu le jour, ainsi que la banque de frères musulmans « Al Taqwa » crée en suisse en 1988.

Ce pouvoir financier immense, a servi pour la construction des milliers des mosquées, et des centres islamiques à travers le monde, la création des chaines de télévision à vocation islamique qui prêchent le wahhabisme, le salafisme, d'autres chaines ont fait la zizanie leur spécialité, ils sement les guerres civiles contre les populations qui refusent le système califat et l'autorité religieuse.

En outre, la famille Saoud a falsifié l'islam, comme ils avaient fait les califes auparavant pour présenter un islam qui leur convenait. Il ne faut pas se tromper d'adresse. Selon ma vision personnelle, la nouvelle religion des musulmans c'est le « saoudianisme », car tout a été falsifié, même la Mecque le lieu sacré de l'islam a perdu sa mémoire, il ne reste de l'islam authentique que quelques miettes. En conséquence, l'Arabie a investi beaucoup de fonds pour « saoudianiser » le monde musulman en général et l'Algérie en particulier, et aussi le financement des groupes terroristes par le milliardaire saoudien Ousama Ben Ladin.

Qu'arrive-t-il réellement à l'Algérie ? Il faut décrire les choses comme elles sont. L'Algérie est vaincue par les arabo-islamistes, un pays berbère qui se nomme un pays arabe cela veut tout dire que l'Algérie est une colonie arabe qu'on le veuille ou non. Combien de siècles qui sont passés depuis les conquêtes arabes de l'Algérie, et ce colon asiatique est toujours présents en Algérie !

Perdre son identité :

Je suis comme tout le monde, j'ai des origines et un pays, et comme la majorité des Algériens, j'ai été bouleversé par la tyrannie coloniale et les violations aux droits identitaires. Faire le point sur mon pays cela fait partie de ma vie, de mon naturel mental. Aujourd'hui, je continue à vivre avec mes séquelles. En conséquence, cette situation m'a forgé ; elle m'a appris à lire le monde avec mes propres yeux et décrire les choses telles qu'elles sont, loin des émotions politiques et religieuses.

En pleine fleur de l'âge, autour du bonheur. La vie m'a offert la liberté de l'existence pour que je puisse concrétiser mes sentiments, qui dépendent de mon environnement, et suivre le mode de vie de ma génération. Mais je ne savais pas qui m'ont piégé d'avance par un système importé du Moyen-Orient installé par force dans mon pays. Alors, je me suis retrouvé perdu dans l'incertitude par ce choix qui m'a été imposé, est différent de ma culture et mes origines. Cet impérialisme est devenu le dévastateur de mon adolescence et toute ma vie.

J'ai refusé d'être un cobaye dans le laboratoire du nationalisme arabe, et ne plus accepter de jouer le rôle d'un Arabe sur la terre de Berbères. J'ai subi à l'âge de neuf ans le racisme du colonialisme arabe, et à l'âge de seize ans j'ai subi la rage des islamistes, et le reste de ma vie était pénalisée par une fausse identité arabe que je vais porter à vie et pourtant elle n'est pas la mienne. En raison de notre désobéissance à ce système, on se fut enchainé en silence, par une organisation arabisée. Le nationalisme arabe aime nous voir déracinés de nos origines qu'on aime autant, comme toute personne qui aime ces origines. Cette tyrannie veut nous rendre un être sans âme, un simple objet protecteur du monde arabe.

Dans ce monde insensé, la folie est devenue une culture, s'enseigne dans les mosquées et les écoles. Un désert des paroles politiques là où les promesses ne poussaient plus, il n'y a plus des portes non plus en Algérie, ça serait à quoi de garder la clé vu qu'on était déjà envahie par les arabo-islamiques qui nous ont déclaré le djihad et ils ont tué un quart de millions d'Algériens dans la décennie noire. J'ai vu la terreur, les assassinats, l'horreur en pleine adolescence.

Puisqu'ils m'ont donné un faux plan. Je vis sur la terre de la Numidie, et mon adresse se trouvait en Arabie. Lorsqu'on se fait avoir dès sa naissance par un projet colonial, on finit par devenir un spécialiste de l'anticolonialisme. L'appareil politique intervient pour fixer ce qu'il faut croire et ce qu'il est interdit de croire, le retour au moyen âge est devenu son vrai projet.

Cette puissance impériale manipuler de grands volumes de données, ce qui convient parfaitement pour instrumenter son pouvoir, renforcé par la religion, mais quelle religion ? Car il y en a plusieurs religions dans l'islam. L'un juge d'une manière favorite son dogme, l'autre le juge d'une autre manière ; l'un trouve évident ce que l'autre trouve absurde. C'est ainsi que l'anarchie des opinions a envahi la société, elle a conduit au désordre civil, et la démolition de toutes les grandes lignes de la démocratie. Si l'on regarde l'évolution du colonialisme de l'Algérie par la ligue arabe depuis son indépendance en 1962, on s'aperçoit que la violence, les coups d'État, les assassinats et arrestations des opposants y ont tenu une part dominante.

Grandir dans un environnement insolite, les uns nous guident et nous enfonce dans le désespoir, les autres nous trompent et défigurent nos origines, et nous nous sommes portés à considérer comme des coupables à cause de notre manière de voir les choses autrement. On était forcé de dire que celui qui nie la morale est plus libre penseur que celui qui l'affirme ; par la même raison, celui qui nie la diversité et qui est haineux est plus courageux que celui qui est tolérant. La langue qui est l'organe le plus important chez l'être humain est devenue paralysée, elle ne produit plus la parole qui est un don naturel. Dans le cœur de cet enfer, le Satan est devenu un monarque, il travaille dans le noir absolu, pour nous faire subir un éternel châtiment.

Toute notre enfance était éteinte et notre heureuse adolescence engouffrée par les flammes d'un enfer infinie. Cette puissante armée du mal nous a plongées dans une horrible destruction morale. L'école publique a joué un grand rôle pour nous insensé. Elle s'est opposée à l'enseignement de notre langue originaire pour nous apprendre par cœur la poésie des Arabes. Ensuite, la mosquée idolâtre les califes sanguinaires, et elle est fière de conquêtes arabes et d'un autre volé elle maudit les conquêtes européennes !

Ce système éducatif a préparé une génération conditionnée et des terroristes potentiels au service du colon arabe. Les wahhabites et les frères musulmans qui partagent le marché de la religion, ont sauté sur cette occasion pour islamiser l'Algérie, par la baie de la langue arabe. Quand j'étais à l'école, j'aimais bien écouter les mensonges, surtout quand je connais la vérité, et je savais parfaitement que dans la guerre la première victime c'est la vérité. L'histoire qu'elle nous a été enseignée a été faite dans un ordre illusoire, elle nous a inculqué uniquement l'héroïsme arabe, pour nous conduire à une défaite psychologique qui nous laisse croire que nous ne pourons jamais atteindre le niveau de notre colon arabe. Là, on plonge carrément dans l'irrationnel, car l'histoire des Arabes ce n'est pas la nôtre, et elle est vide de sens, elle est survenue du Quart vide « Le Rub al-Khali» de l'Arabie et pourtant c'est elle qui domine nos livres scolaires.

Cependant, notre civilisation qui est réelle, et visuelle sur notre sol berbère, a une valeur dans l'histoire de l'humanité, elle n'est pas enseignée dans nos écoles ! Comme le Tassili depuis 8000 av. J.-C, est considéré le plus ancien monument sur la planète. ainsi que le mausolée des Rois numides dit le Medracen, et la première école militaire dans l'histoire lambèse, et aussi la ville antique de Timgad, et l'une des plus grandes villes antiques dans l'histoire Cuicul connue au nom de Djemila, puis, l'une de plus ancienne université dans l'histoire Madauros qu'elle a formé Saint-Augustin et Apulée qui a écrit le premier roman dans l'histoire « l'âne d'or ».

En Algérie, il existe des villes entières qui sont des monuments historiques comme Tébessa qui porte le nom de son héros Saint Maximilien de theveste. Constantine figure parmi l'une de plus vieilles villes au monde lourde des ruines et d'histoire, elle possède sur son sol le plus grand nombre des Dolmens et j'en passe. Puis les Arabes osent-ils nous dire qui nous ont amené la civilisation ? Voilà pourquoi j'ai arrêté mes études en Algérie, j'étais perdu dans l'irrationnel, j'ai abandonné cette intégration chétive.

Puisque les Arabes se considèrent le propriétaire absolu de l'islam, ils nous dirigent à travers la religion, ils pensent que chaque musulman leur appartient, le mot maitre chez les colons arabes « quand t'aimes Al-lah, il faut aimer les Arabes » du coup l'arabe est deve-nu le Dieu de l'algérien. Lorsque les premiers chrétiens ont véhiculé la parole du christ à travers le monde, ils n'ont obligé aucun chrétien de devenir palestinien par force, sous prétexte que Jésus est né en Palestine. Pourquoi donc les Arabes nous obligent-ils en tant que musulmans de devenir arabes ? Parce que Mahomet est né en Arabie !

Que nous soyons conscience ou pas, les Arabes ont colonisé l'Algérie à travers l'islam. Pourquoi chaque musulman doit-il porter un prénom arabe ? À titre d'exemple, le prénom « Omar » n'est pas un prénom musulman. Car lorsque « Omar » est né, à son époque l'islam a été inexistant donc le prénom « Omar » n'est pas un prénom musulman, il appartient à la culture ido-lâtre des Arabes ; puis le prophète de l'islam n'a jamais demandé à qui que ce soit de changer son prénom. Pourquoi donc en Algérie le gouvernement coloniale a obligé mon père de me prescrire uniquement un prénom arabe ? Ceci est une preuve flagrante que l'islamisation est un projet colonial, et sans aucun doute possible, et la mosquée c'est une base militaire arabe.

Cette sanction du nationalisme arabe condamna l'algérien à vivre au même rythme que les Bédouins d'Arabie du sixième siècle après Jésus-Christ. Puis le peuple algérien se trouvait perdu, il ne sait pas. D'où vient-il ? Qui est-il ? Où va-t-il ? Et les islamistes les encouragent pour qu'ils restent où il est, comme il est un simple consommateur de l'islamisme.

La plupart des Algériens privés de la vérité, victimes d'une manipulation bien organisée qui leurs font croire qui sont des Saoudiens. Le système politique a utilisé toutes ces forces pour que les Algériens deviennent arabes et servent les intérêts des Arabes, et se battent pour les Arabes comme ils l'ont fait en 1973 dans la guerre de Kippour. Le peuple algérien déshumanisé par l'école publique et la mosquée qu'ont joué un rôle majeur pour fait croire aux Algériens qui ne sortirent jamais de ce processus. Aller faire la guerre contre Israël en 1973, mais en effet, c'est ne pas Israël qu'elle a colonisé l'Algérie? c'est ne pas Israël qu'elle a déshumanisé les Algériens? c'est ne pa Israël qu'elle a interdit la langue Algérienne (Le Tamazirt) en Algérie? c'est plutot les arabes qui ont detruit l'Algérie, il faut regarder la réalité en face.

Si l'Algérie fait semblant de défendre les peuples opprimés, soi-disant la Palestine, pourquoi elle ne defend pas l'Irlande occupée par la Grande Bretagne, pourquoi elle ne defond pas l'Ukraine occupée par la Russie, soi-disant elle ne reconait pas l'etat d'Israël car il bombarde les palestinens à Gaz, mais elle reconait l'etat saoudien qui fait pire, il bombarde le pauvre peuple yamanité ? Et pourtant ce gouvernemt algérien est un régime oppresseur par excellence lui-même est un assasin, il a tué 130 jeunes kabyles innocents par l'ordre du president Bouteflika en 2001, ainsi que d'autres Kabyles ont été assassinés dès l'indépendance de l'Algérie jusqu'à nos jours. Donc dequel mepris nous parlent-ils ce gouvernement algérien? Est-ce que le mepris est permis aux Arabes et interdit aux autres?

J'ai suivi l'enchainement des choses et des idées humaines, et je me suis retrouvé face à face avec cette réalité, malgré que le voile fût tombé, et les illusions sont disparues ; les dégâts sont considérables, le peuple qui a subi des guerres et des trahisons aujourd'hui il est fatigué, les franchises de l'esprit ne sont plus possibles.

En lisant notre histoire, réanimant la sagesse de l'Algérie antique, on peut sortir de ce tunnel comme elle a fait l'Espagne ancienne colonie arabe, elle a relevé son âme et muri sa raison, comme un enfant qu'a retrouvé ces parents d'origines après être perdu dans la nature. Le bonheur est toujours en relation avec la réalité. La réalité n'a pas besoin des gardes corps de la religion, Dieu seul est capable de défendre sa parole divine et il n'a besoin de personne. Il faut se débarrasser de l'extrémisme islamique qui a été chercher la religion pour la détruire.

Le monde est un grand théâtre du mal ou chacun possède son petit défaut. La tolérance, le pardon, ce sont des médicaments nécessaires pour nous tous. Tandis que la colère, la loi du talion, la haine, ce sont des blessures plus dangereuses qui peuvent se transformer à des guerres destructives. L'Islam prophétique est tolérant, lorsque le prophète Mohamed était à la

Mecque, les gens font leurs pèlerinages autour de la Kaba et devant ces yeux tout nus, ils buvaient de l'alcool au long de la journée. Le prophète ne les a pas réduit à de sous-humains, contrairement à la religion des califes hantée par l'orgueil religieux. Sachant que l'orgueil est une particularité du Satan.

Consacrer sa vie à la vérité et à l'autocritique, c'est accepter de la remettre en question pour améliorer sa sagesse et devenir un soldat du bien. Être musulman c'est bien, mais connaitre l'islam avec ces vérités et ces mensonges c'est mieux. Respecte les Arabes comme tout le peupledu monde est un devoir absolu du respect de l'autre. Mais lorsque les Arabes viennent de 8000 km qui séparent l'Algérie de l'Arabie pour faire appliquer leurs lois sur le peuple berbère, dans tous les dictionnaires du monde ceci s'appelle un colon déclaré.

Résumer :

En Algérie, la faiblesse de la mémoire continua à triompher, et la brume de la nuit cache aux futures générations leur chemin de vérité. Je connais parfaitement ce tunnel noir depuis mon enfance, quand ils m'ont expulsé de l'école à cause de ma rébellion ; j'ai tranché seul dans cette obscurité et j'ai produit ma propre lumière, pour aller voir le vrai visage de mon pays. À tel point où je suis devenu comme l'acteur Roddy Piper, qui jouait le rôle de John nada dans le film de John Carpenter « Invasion Los Angeles » lorsqu'il a mis la lunette magique aussitôt il a découvert les vraies têtes des extraterrestres aux visages horribles, et il a ressui de détecter le vrai du faux dans une société manipulée par les envahisseurs.

Le mot semble plus archéologique que théorique, je creusai au fond de l'histoire, pour trouver la vérité dans ce tunnel obscur. C'était une obligation pour moi de savoir séparer le mensonge de la vérité, comme séparer la poussière de l'or pour trouver le sens de la vie ; et sortir la vérité de ténèbres des mensonges pour vivre conformément à ma conscience, à l'inverse de l'émotionnel abstrait qui nous conduit vers l'inconscience et l'échec.

Comment doit-on croire au nationalisme algérien ? Il est pour moi : la conservation identitaire collective et la solidarité de toute sorte d'évènements. J'appelle nation dans lequel l'individu peut vivre son originalité et fleurir d'une façon parfaite sur la terre de ces ancêtres. Il faut, en outre, savoir se poser les bonnes questions, quel avantage apporterait aux algériens cette appartenance à la ligue arabe ? Et enfin, comment ce nationalisme arabe qui est de nature totalitarisme peut-il s'accorder avec la démocratie ? Si la langue arabe est devenue la langue officielle de l'Algérie, que faisons-nous de notre langue d'origine ? Est-ce que l'on a besoin des Arabes pour bâtir la nation algérienne ? Le mot démocratie est d'origine grecque « démos » signifier le peuple, et « kratos » signifier le pouvoir. En démocratie, le peuple a le pouvoir. Il est maitre et le politicien est serviteur. Un serviteur a-t-il le droit de désarmer son maitre ? Le monde arabe fonctionne avec le système califat, un système totalitarisme.

Donc, on ne peut pas être Arabe et démocrate en même temps, et ainsi, on ne peut pas être arabe est moderne non plus, car il n'existe aucun pays arabe qui est démocrate et moderne pour qu'il puisse nous servir comme modèle. Les Arabes ne sont que des locataires des leurs terres à l'occident qui exploite leurs richesses, un monde qui ne produit rien, mise à part une source naturelle pétrolière industrialisée par une technologie occidentale. C'est dans l'accentuation du nationalisme algérien que je vois la solution de la question algérienne. Le jour où l'Algérie sera une union de groupements libres, et non une organisation religieuse, ce jour-là l'on peut parler sur la démocratie et la civilisation. La seule solution pour s'en sortir de ce ravin, il y aurait la solution Espagnole, qu'elle ne fait plus partie du monde arabe.

La cause de toutes ces souffrances en Algérie c'était la rage du gouverner. Lorsque le réservoir de men-songes se trouvait à vide les gens ne pouvaient plus croire, ni à la parole la plus imposante ni aux plus beaux serments. Ensuite, les islamistes étaient sanctionnés par la logique la plus sévère, et en fin de compte, personne n'espèrerait de ce système. Il faut souligner que le but suprême de la vie humaine c'est le bonheur ; et l'état le plus parfait est celui où chaque homme peut trouver son bonheur, grâce aux lois qui sont respectées par tout le monde, nous comprenons donc que le cœur du bonheur c'est la justice, et c'est à partir de ce cheminement que la liberté sera atteinte qui est un signe de réussite pour les pays forts.

Le peuple algérien est, en règle générale, plein de courage ; mais il est inférieur au modernisme à cause de son plan éducatif qui est dépassé. L'éducation est la locomotive principale de chaque nation active, elle est une institution publique indépendante de la politique et la religion. En Algérie, l'éducation était confiée aux extrémistes arabo-islamiques dès l'indépendance du pays, de cet angle, nous comprenons que les enfants de l'Algérie appartiennent aux Arabes et aux islamistes et non pas à l'Algérie.

Si l'on veut voir le vrai visage de l'Algérie, l'éducation doit être algérienne indépendante du monde arabe. Tant qu'on pense encore que l'unique solution se trouve dans la religion, et l'on continue à pousser cet aveuglement vers l'excès, on n'avancera jamais. Le Japon est devenu un pays fort comme tous les autres pays développés sans attendre un miracle de la religion ! On doit s'occuper de l'intérêt de la religion qui est un acteur moral au sein de la société, elle offre un équilibre spirituel nécessaire dans une société mesurée.

L'éducation rentre dans un contexte pédagogique avec tous ces acteurs sociaux l'école, les lieux de cultes, les associations sportives et culturelles. Il faut aussi empêcher qu'aucune supériorité religieuse ne s'élève dans les institutions éducatives, et si un seul citoyen est sans culture, c'est que l'état lui-même n'en a pas.

Alors qu'un bon musulman est soumis à la loi divine c'est-à-dire au verdict et à l'amour, au respect de l'autrui et j'en passe. J'ai eu de la chance d'avoir un grand-père soufi qui m'a bien expliqué cette belle religion de l'islam qui a été matraqué au fil des siècles par les califes. En outre, il y a une différence entre se soumettre à la volonté divine et se soumettre à une religion des califes purement haineuse et sanguinaire : c'est qu'à cette dernière que je m'opposerai ; je ne désire pas me quereller avec quiconque, je cherche simplement à me conformer aux lois naturelles qui nous unissent tous, car on est programmés de la même façon. Pourtant la formule est très simple à comprendre : personne ne souhaite qu'on lui fasse du mal, et chacun aime le bien. Alors pourquoi faisons-nous du mal à l'autre ?

Accomplir son devoir durable et être au service de l'humain, c'est l'une des plus belles choses. Le militaire donne sa vie pour défendre toute une nation, contre une catastrophe naturelle, ou contre une attaque terroriste, ou bien contre une invasion, le policier veille sur la sureté et le bien de la société, le pompier risque sa vie pour sauver des vies, l'éboueur assure l'hygiène pour les gens, le service médical protège la santé du peuple, l'agriculteur laboure la terre pour nourrir des milliers d'estomacs, ce sont ces gens-là qui ont le mérite d'être respectés. Mais , la classe politique avec ces différentes institutions de communication, je ne m'en soucie quasiment jamais et je ne veux lui accorder que le minimum d'attention. Car elle utilise l'école, la mosquée et les media pour mentir au peuple algérien, mais sur le plan économique et industriel elle a montré qu'elle est incompétente.

Depuis l'indépendance de l'Algérie en 1962, les hommes politiques et les législateurs parlent de changement du pays, mais ils ont changé uniquement l'Algérie berbère en Algérie arabe, de l'islam authentique à l'islam salafiste, du haïk algérois au niqab saoudien. Ils sont en totale obéissance à leurs dirigeants arabes, qui croient que l'Islam c'est leur propriété privée et seuls les Arabes ont le droit d'hériter cette religion, on dirait que cette équation indique : si vous êtes musulman, vous devez être arabe. La politique dans ces pays fonctionne par la répression, et les gens les plus riches dans ces pays ce sont les rois, les émirs, les politiciens, les rhétoriciens, les magistratures de la religion. Mais en matière de gestion, ils ont prouvé qui n'ont pas de génie ni de talent pour diriger. Même sur des points relativement modestes comme la gestion d'un simple hôpital, ils sont incapables d'assurer sa direction, ils sont toujours à la merci des Occidentaux qui dirigent leurs institutions technologiques et scientifiques, autrement dit : faire de l'assistanat régulièrement.

En Algérie comme dans tous les pays arabo-musulmans, lorsque vous exprimez votre haine devant les masses populaires contre les juifs et les chrétiens, vous devenez un politicien incontestable, il suffit de distraire la population avec la cause palestinienne et le tour est joué vous devenez un chef d'État à vie. Parce que ces masses populaires ont été éduquées sur la haine de l'autre auquel la mosquée et l'école ont travaillé ensemble pour créer une culture haineuse qui accepte uniquement le nationalisme arabe et elle ne veut pas de changement. Mais ce sont les juifs et les chrétiens qui sont les maitres de cette civilisation contemporaine. Voilà pourquoi il n'existe aucune infrastructure politique ni une planification stratégique ou un plan opérationnel actif pour moderniser un pays riche comme l'Algérie.

Les Arabes pensent qui sont la race de religion et nous la race de diable, cette répartition correspond à l'histoire de Caïn et Abel, dont les Arabes prétendent être les seuls moraux sur terre, ils sous-estiment la valeur de l'autre, car ils croient qui sont l'exemple parfait de l'éthique, tellement ils glorifient leur concept, ils se donnent le droit de décrire le reste du monde des mécréants.

L'occupation arabe de l'Algérie reste le plus laid colonialisme que l'Algérie ait jamais connu à travers toute son histoire, car le colonisateur au nom de la religion est plus dangereux que celui de la tyrannie. En effet, c'est la plus longue colonisation dans l'histoire de l'Algérie, il y a plus de quatorze siècles d'occupation arabe de l'Algérie. Une fois que l'Algérie a obtenu son indépendance de la France en 1962, le colonialisme arabe est revenu de nouveau. Et lorsqu'on envisage avec cohérence l'état actuel de l'Algérie, et la compare, telle qu'elle est, avec ce qu'elle a été, avec ce que sont ces projets culturels, on s'aperçoit encore la domination du nationalisme arabe qui condamne la culture berbère, et qui regarde notre littérature contemporaine comme aussi insignifiante, et notre patrie amoindrie ou perdue. Un colonialisme arabe chargé de haine envers le peuple algérien, il vise à dominer la pensée algérienne avec deux objectifs. C'est pour la première fois, depuis que le monde a existé, on s'aperçoit qu'une grande nation gouvernée par des hommes d'État qui sont contre leur langue et contre leur origine. Cela ne se produit qu'en Algérie.

Le premier objectif consiste à propager l'ignorance totale chez les élèves scolarisés et l'arabisation du système éducatif. Ajoutant à cela, la démolition de toute notre structure civilisationnelle, que nous avons eu autrefois et que nous l'avons plus. Du coup, nous avons perdu notre attitude nationale au sein du monde civilisé, ainsi que le bon débarras de notre mémoire qui leur a facilité la tâche jusqu'à ce que les enfants de l'Algérie ignorent qui sont des Berbères. Les Arabes se plaignent du racisme, mais ils ont oublié qui ont déshumanisé toute une nation berbère, et pire encore, l'on était traité comme un peuple frivole perdu entre les épisodes de l'histoire et l'on venait d'un passé sombre et stérile.

Le second objectif s'occupe de l'esclavage mental, c'est pour la première fois qu'on voit des enfants d'un peuple condamnés à apprendre uniquement la culture du dominant et la langue des autochtones qui est le berbère a été strictement interdite . Ils ont enseigné aux enfants de l'Algérie et avec une grande importance l'histoire des Arabes et leurs gloires durant la période préislamique, sur la géographie des tribus arabes, sur les conquêtes arabes. Jusqu'à ce que l'esprit algérien finisse par glorifier uniquement les Arabes, en allant même plus loin de cet aveuglement, faire croire aux enfants des Berbères que l'Arabie est la terre de la civilisation, la source du savoir et le fabricant de génies, des scientifiques, des philosophes, des inventeurs. Ils ont violé par leur mensonge la vérité qui est l'un des principes majeurs de l'islam authentique. Cet enseignement c'était que de la poudre aux yeux.

En réalité, il n'existe aucun savant d'origine arabe. Les savants qui ont bâti la civilisation musulmane sont originaires du reste des civilisations qui étaient conquises par la dynastie arabe. Comme le grand philosophe et médecin perse Avicenne, le philosophe perse Algazel, le physicien perse Alhazen, le grand mathématicien perse Algoritme, le voyageur Ibn Battûta est d'origine berbère comme l'ingénieur, inventeur, Ibn Firnas, le philosophe, et médecin Averroès est d'origine berbère espagnole, Al Jazari inventeur et ingénieur son origine est un byzantin. Même le créateur de la langue arabe Sîbawayh n'était pas arabe, c'était un Persan, et j'en passe. Le mensonge a été accepté à cause de la faiblesse de la mémoire des Algériens, cela fessait si longtemps qui glorifient ce mensonge que soi-disant les Arabes prétendent être le peuple de la civilisation.

Mais vu la réalité des choses, l'origine des Arabes provient du « Quart vide », une région du monde vide de vie et de civilisation, elle est située au centre de l'Arabie, se trouve dans une lieu aussi inhospitalier, c'est impossible de nier cette vérité, à moins qu'on aime les mensonges. Et si l'on veut mesurer la différence qui sépare cette région, on trouve dans le nord de l'Arabie les Mésopotamiens qui ne sont pas des Arabes, ils ont baptisé l'une de plus anciennes civilisations, et dans le sud de l'Arabie se trouve l'ancien peuple yéménite originaire de l'Abyssine. Donc de quelle civilisation arabe nous parlent-ils ?

Cette vérité n'a malheureusement pas besoin d'être démontrée. Depuis que le protectorat spécifique du président Boumedein qui était l'étincelle de l'arabisation de l'Algérie, depuis cet événement l'Algérie a été transformée volontairement en une simple province perdue dans un monde appelé arabe. Ce projet a installé dans le cœur de nos générations antécédentes le dégout de l'appartenance à leur nation, ils étaient forcés de rejeter leur identité, jusqu'à mépriser leur origine. En effet, quand la victime perd ces sources raciales, les Arabes deviennent ces dieux sacrés. La nation qui se laisse faire volontairement par un dominant qui se permet de changer ces mesures, ça loyauté, et occupe l'esprit de ces enfants, c'est une nation vraiment négative qui est en voie de disparition.

Vouloir refaire de l'Algérie un État berbère, telle qu'elle l'a été depuis l'époque de Massinissa en148 av. J.-C, ce serait une mission impossible : mais conserver ce qui reste de l'Algérie Berbère, et développer par tous les moyens légaux le potentiel purement culturel de l'Algérie sur les individus et sur les familles qui n'ont pas encore été pris en piège par l'idéologie de l'envahisseur ceci est faisable. Commençant à diagnostiquer sur les méthodes utilisées par le dominant qui veut nous exterminer.

Le dominant a enseigné selon sa manière à nos enfants et dans nos écoles que soi-disant le poète arabe est le plus raffiné dans le monde de la poésie comme le poète Antar, mais ils nous n'ont jamais dit que Antar a été alcoolique, agressive, et un pirate. Qu'attendez-vous d'un enfant quand on lui donne un modèle à suivre d'un pirate alcoolique ? Il va surement sortir un voleur corrompu ou même un alcoolique. La même chose pour les califes arabes, le dominant nous a décrit les califes comme s'ils étaient des anges, et il nous a caché leurs crimes qui ont fait à travers l'histoire et contre plusieurs peuples. Le dominant nous a pas raconté que les colons arabes ont sortis de leurs tentes d'un désert aride du « Quart vide » pour aller attaquer des innocents, et ils ont tué et volé les biens de gens, ils ont détruit des langues et des cultures au nom de la religion. Qu'attendez-vous d'un enfant quand on lui donne un modèle à suivre des califes sanguinaires ? Il va surement sortir un haineux ou un terroriste potentiel.

La conquête à l'esprit public nous a enchainés à devenir des esclaves au dominant. Il s'agit pour nous de la destruction de notre culture, car sur ce point la mauvaise foi du dominant est loin d'être arrêtée. Il faudrait être bien aveugle pour en espérer. Le gouvernement algérien qui jouait le rôle du mercenaire du président égyptien Nasser, il s'était aventuré en allant effacer le passé glorieux de l'Algérie dans nos livres scolaires. Cette aptitude nous a livrés à l'esclavage mental, contrôler par un seul monopole qui nous domine et nous force pour qu'on puisse inspirer une sympathie permanente à la race dominante. Du coup, notre histoire se trouvait inexistante dans nos livres scolaires.

Les Algériens qui connaissent l'histoire de califes sanguinaires, ils ignorent la grandeur de Jugurtha, qui a fait un noble devoir en défendant son pays contre l'occupation romaine l'histoire de nos ancêtres ne vaut pas la barbarie des califes. Ensuite, la majorité des Algériens qui connaissent l'histoire du pirate Antar, ils ignorent, l'éducateur suprême Apulée qui a écrit le premier roman dans l'histoire « L'Âne d'or » un outil efficace pour l'éducation ceci ne vaut pas la barbarie d'Antar. Ensuite le plus grand nombre des Algériens qui sont attachés à l'université d'El-Azhar qu'a formé les frères musulmans, et à celle de Médine qu'a formé les wahhabites, ils ignorent la première université construite dans l'histoire Madauros dans la ville de souk Ahrass, qu'elle a formé des grands hommes de la sagesse comme Saint-Augustin. En effet, leur jalousie si destructive a atteint un degré insupportable, le colonialisme arabe c'est une niveleuse haineuse qui a réussi de démolir la conscience algérienne, jusqu'à ce que l'algérien de nos jours se considère un Arabe, et l'élève a dépassé le maitre.

L'État n'a pas le droit, sous peine de violer la propriété identitaire de toute une nation qui est la condition même de son existence, et d'imposer à tous les citoyens un système d'éducation qui assure le maintien de la colonisation arabe de l'Algérie, au profit d'un projet purement négatif. Le gouvernement arabisé aussitôt né aussitôt échouait tandis que l'Algérie se trouvait dans une défaite fatale sur tous les plans.

Faisant le constat de ce projet du nationalisme arabe en Algérie qui a muri après des décennies d'arabisation. Peu de temps après la vérité est apparu et le résultat catastrophique de cette tromperie est devenu visible pour tout le monde. Nous sommes devenus le résultat de notre modèle arabe. On fonctionne avec l'hostilité, parfois avec la haine, comme les califes arabes, et nous préférons la violence à la démocratie, on est devenue fière d'être agressive comme Antar avec une épée de lâcheté, et nous pensons que nous sommes invaincus comme dans les conquêtes arabes. Nous ne lisons pas l'histoire, nous détestons la lecture, nous ignorons par bonté, et nous échouons si bien, nous sommes bénis par l'ignorance et nous réjouissons de sa douceur.

Nous sommes ignorants malgré la quantité de nos écoles, et nos universités qui sont classées les derniers dans le rang mondial. La seule source de notre culture c'est les marchands de la religion, la majorité du peuple croyait à tout ce que les religieux lui racontent, les gens n'examinent aucun détail. Tellement, ils ne savaient pas quoi faire des informations qui sont offertes par les marchands de la religion, alors, chaque musulman ait créé sa propre religion et chacun appartenait à une confrérie la plus haineuse, et la plus compliquée à coprendre. Ils sont devenus l'État même et chaque groupe musulman combattait l'autre, et lorsqu'ils avaient fini de détruire leur pays, ils se sont retrouvés en face de leur contradiction. Auparavant, ils priaient Dieu avec toute sorte d'invocations pour qu'il détruit l'occident mécréant, puis comme par hasard, ils se sont dirigés en masse pour demander l'asile politique chez les mécréants.

La majorité du peuple se livrait à l'anarchie intellectuelle, ils croyaient à la sorcellerie et l'interprétation des rêves, ils refusent de croire à la psychiatrie ni aux capacités des cliniques psychiatriques. L'ignorance est devenue un bizness en Algérie, certains utilisent la magie, d'autres ouvrent des cliniques de l'exorcisme, dans une époque où le monde a exploité l'atome, la cellule et le pixel, et pendant que le monde vit dans la plus puissante civilisation jamais connue auparavant, en ce moment l'Algérie est noyée dans la ligue arabe.

Ce système monstrueux nous a conduits au sommet de l'ignorance. On refuse l'autocritique, mais on ose critiquer tout le monde. L'orgueil est devenu notre fierté, nous n'acceptons pas la divergence des opinions, et tous ceux qui nous contredisent deviennent des traitres et des mécréants. Nous déclarons la guerre à la femme et nous vivons à sa merci. Nous jetons tous nos échecs sur les autres, sur La France, les États-Unis d'Amérique et sur Israël. Nous sommes toujours convaincus que nous avons raison et nous sommes au sommet des nations. Et pourtant, nous n'avons rien à voir avec la production, et nous n'avons aucune envie ni volonté pour l'être, nous croyons aux contes de fées, nous consacrons les mythes. Cette oasis est toujours et pour toujours une propreté arabe. Et l'Algérie ne réussira jamais tant que son titre est arabe. Alors, félicitations à nous parce que nous sommes bénis par l'ignorance, comme disait le poète « Le savant consacre la félicité par son esprit, et le frère de l'ignorance dans le malheur se félicite » L'Algérie est restée un bon souvenir plutôt qu'un projet de modernisation.

En Algérie, jamais il n'y aura un gouvernement fiable et sensé, tant que l'état n'en viendra pas à la réalité et reconnaitra l'identité algérienne telle qu'elle est, et que l'Algérie est un pays berbère et non pas un pays arabe. Et de se séparer définitivement de la ligue arabe, et la ligue islamique, on peut être musulman sans appartenir à personne. Il faut un pouvoir qui a un charisme d'une Algérie algérienne avec une ligue berbère indépendante de tous les problèmes du Moyen-Orient d'où découlaient tous les obstacles et les graves problèmes de l'Algérie.

Un gouvernement prêt à traiter l'individu avec la réalité et non pas avec la religion et la mythologie. Un gouvernement qui respecte l'esprit de gens et qui n'abuse pas sur leurs états émotionnels, un gouvernement juste, s'il fait des reproches au colonialisme français il faut qu'il fasse la même chose pour le colonialisme arabe. Il y a d'autres moyens pour faire vaincre ces idées sans utiliser la violence. La démocratie telle que nous la connaissons est le dernier espoir pour l'Algérie. Mais on ne peut pas être démocrate et arabo-islamiste en même temps.

Le Singapour est un grand exemple de la réussite. Depuis son indépendance de la Malaisie en 1965 et du monde musulman. Le pays avec le peu de ressources naturelles qui posséder, et avec un laps de temps il est devenu un pays puissant parmi les grands de ce monde. Car ces dirigeants n'ont pas nié leurs origines comme chez nous en Algérie. Les dirigeants du Singapour ont placé le mandarin langue officielle du pays et non pas la langue arabe, accompagnée de l'ancienne langue coloniale l'anglais une langue de la modernisation, contrairement en Algérie, tellement le gouvernement a inculqué la culture de la haine, la langue française est considérée au sein de la société algérienne un ennemi, et pourtant la langue française est parmi les rares langues de la civilisation contemporaine comme l'anglais, l'allemand, le russe et le japonais.

Pour l'harmonisation du Singapour, le gouvernement a installé le système démocratique qui protège toutes les religions et la diversité ethnique qui existe dans le pays et dont la majorité ce sont des bouddhistes, musulmans, chrétiens. En Algérie, le système politique fonctionnait, et il fonctionne, et il fonctionnera avec un vieux système de califat qui maitrise parfaitement le totalitarisme et l'islamisme, il règne dans le pays depuis quatorze siècles. Voilà un modelé à suivre si l'Algérie veut quitter le moyen âge et vivre son époque.

Depuis le début de l'islam, et partout où ce système califat arabo-islamique conquit le pouvoir, il détruit sans pitié la culture, la civilisation la langue de populations conquises. L'exemple actuel de l'Afghanistan suffit, dans les années soixante-dix le pays était moderne, depuis l'installation de ce système califat islamique l'Afghanistan est devenu un pays périmé, la même chose pour la Syrie, l'Iraq et d'autres pays. Celui qui a suivi ces évènements doit remarquer que l'organisation terroriste ISIS a appliqué à la ligne le véritable islam, elle n'a pas violé les textes islamiques qui se retrouvent dans les livres de la religion des califes comme le livre d'Al-Boukhari. En Algérie, ce système ne pouvait plus satisfaire aux besoins des Algériens qui sont chassés de la modernisation à cause de l'arabisation du pays.

Je ne pense pas que le problème algérien est limité à la crise économique. Cette hypothèse me semble encore éloignée du vrai problème, car personne ne peut garantir le développement de l'Algérie même avec la solution économique la plus magique qui existe dans le monde. Déjà de quelle économie nous parlent-ils ? Et les Arabes sont rentrés dans le traité de Bretton Woods sans clairvoyance, dans ce jeu complexe là où les cartes ne sont pas révélées à ce jour, et l'argent des peuples a été gelé dans les banques états-uniennes et suisses. Au moment où le cœur du problème algérien n'est pas résolu. Donc à quoi bon chercher une solution économique, puis on continu à appartenir au clan de sous-développées ?

J'étais convaincu, comme la majorité des Algériens, qu'il n'y a pas une Algérie, mais une province arabe oligarchique, héritier d'un système califat qui a donné tant de souffrances au monde. Partout où s'installait, il menait avec lui une injuste dominante et destructive, celle qui a fait l'acte de la destruction culturel de plusieurs nations, celle qui a fait la loi de conquêtes et le massacre contre différents peuples, celle qui se nourrit de l'économie des butins de guerre et les richesses naturelles des populations conçues, celle qui a fait de la mosquée son institution politique, celle qui a fait la guerre à la diversité, à la femme, à la liberté d'expression, celle qui a détruit l'identité algérienne, celle qui a entassé les gens au plus bas fond du désespoir et la misère, celle qui a détruit l'Algérie.

Il y a ensuite cette Algérie silencieuse et pacifique qui évite les conflits et les guerres. Cette Algérie visionnaire qui veut la stabilité du pays et la liberté d'expression, c'est elle qui croit à la démocratie que le peuple désire, celle qui refuse la loi du colon arabe qui a causé tant de guerres civiles et du terrorisme en Algérie et partout dans le monde pour vouloir installer son califat, celle qui refuse l'esclavage religieux, celle qui demande la suppression du colonialisme arabe de l'Algérie, celle qui applaudit à l'Algérie Algérienne.